Les fleurs de potr

et autres nouvelles

Image de couverture : photographie originale d'Éric Aubry.

ISBN version imprimée : 979-10-219-0300-5
ISBN versions numériques : 979-10-219-0302-9

L'auteur et les éditions Humanis s'associent pour remercier chaleureusement Claudine Jacques et les éditions *Écrire en Océanie*, premières à avoir publié des écrits de Léopold Hnacipan, qui nous ont donné l'aimable autorisation d'exploiter les textes *Atrexetë* (*Hélène*), *Le sentier des morts* (*Au champ d'aloès*) et *Pardon, mon amour,* déjà parus dans leurs publications. Ces textes ont été profondément révisés pour la présente édition.

Léopold Hnacipan

Les fleurs de potr

et autres nouvelles

Éditions
Humanis

Sommaire

En tribu, le vendredi n'est pas un jour ordinaire, surtout quand il s'accompagne du chiffre treize. Ce vendredi treize, en plein après-midi, Wathia était occupée à dormir. Quelqu'un ne la connaissant pas aurait pu la croire fainéante. C'eût été une erreur. Vigoureuse et dynamique, elle participait à toutes les activités associatives de la tribu. Elle était toutefois revenue épuisée de chez le petit chef. Les femmes de Hnaeu avaient dû terminer le tressage de la natte, un don qu'elles allaient offrir à la grande chefferie du Lösi, en signe d'allégeance. Elles avaient ainsi œuvré toute la nuit au mépris de leur santé.

Wathia était allongée sur le grand lit conjugal, un lit à baldaquin entouré de vieux meubles. L'ensemble témoignait du séjour d'un missionnaire à la paroisse et de la parole faite à son père qu'un jour son fils reprendrait le flambeau. La promesse avait été tenue et Kamelë, l'héritier de cette lignée de diacres, se servait de la petite chambre comme d'un refuge. Il en avait grand besoin, étant constamment sollicité pour les réunions paroissiales et des discussions sur les sujets aussi divers que graves de la société kanak en mutation.

Wathia suivait son mari partout. Dans la maison comme au-dehors, Madame conduisait Monsieur. Cela plaisait aux fidèles de la paroisse. Les mauvaises langues pourtant, surtout les belles-sœurs de Wathia, avaient fini par leur attribuer le surnom irrespectueux de : « Xojehma[1] ». Elles expliquaient à qui voulait l'entendre que le diacre et son épouse allaient au petit coin en même temps, comme si les phénomènes naturels et biologiques qui les animaient se produisaient de façon synchrone. Cela était venu aux oreilles du couple qui s'en moquait. Cette raillerie, loin de déstabiliser les époux, les avait rapprochés davantage, si bien que Kamelë et Wathia étaient toujours évoqués dans les cérémonies de mariage comme un modèle à suivre.

Cet après-midi d'un vendredi treize, Wathia dormait et le diacre se trouvait à ses côtés. En fin de semaine, Kamelë s'accordait un peu plus de repos. Assis à son bureau, il prenait des notes afin de préparer son prêche du dimanche. Wathia dormait comme une morte, et sa main ballante se détachait presque de son corps pour pendre sur le rebord du lit en s'échappant de dessous le rideau.

Pour une raison mystérieuse, l'esprit du Malin s'empara soudainement du prévôt. Wathia dormait si profondément qu'elle ne sentit pas la manœuvre de Kamelë qui, par jeu et par besoin, avait saisi sa main pour la glisser sous son manou et la poser sur son sexe.

---

1   *Xojehma* : caca-pipi.

Les pensées liturgiques tardant à venir meubler sa page blanche, il accompagna la main de son épouse pour lui faire accomplir quelques mouvements amicaux sur sa verge enraidie.

L'opération était si agréable qu'il augmenta involontairement son rythme et réveilla la dormeuse.

En constatant ce qui se passait, Wathia jeta un cri d'effroi et sauta hors du lit pour enfiler sa robe. Elle se tenait à présent droite, immobile, le regard furieux, et ne semblait garder le silence que pour s'épargner d'offenser le Seigneur par des paroles trop rudes. Le diacre supplia son épouse de regagner le lit pour s'y rendormir. Il espérait sans doute pouvoir achever l'exercice délicieux qu'il avait à peine eu le temps de commencer. Elle ne voulut rien savoir. Ses yeux chargés de colère basculaient du bureau du prédicateur au chambranle de la porte d'entrée, là où ils accrochaient toutes les clés. Elle cherchait le trousseau de la voiture.

Le diacre sembla comprendre ce qu'elle s'apprêtait à faire et il la supplia de rester. Mais le visage de Wathia était un masque de colère et son regard continuait à explorer le chambranle. « J'ai tout vu, dit-elle. Tu as violé ma main pendant que je dormais. Je vais aller me plaindre aux Droits de la femme. » Puis, ayant enfin repéré ce qu'elle cherchait, elle avança d'un pas décidé, décrocha les clés, s'ajusta et sortit.

Le diacre continua ses supplications inutiles bien après qu'elle eut refermé la porte. Puis il prit peur. Les paroles de la réunion du dimanche précédent lui revinrent à l'esprit : « Il paraît que maintenant, on ne joue plus avec les femmes», avait dit l'un des participants, l'air désolé. À croire que peu à peu, discrètement, sans que nul ne réalise vraiment ce qui se passait, les femmes étaient en train de ravir la place des hommes, comme par un nouveau caprice de la nature.

La réunion avait eu lieu après le culte. La tribu avait été conviée par un son de conque afin de discuter des droits de la femme chez Amekötine. M. Bruno, un Blanc qui était arrivé à la réunion en même temps que les femmes, avait dit que, désormais, si l'on touchait à un seul cheveu d'une femme, on se retrouvait directement à la prison du Camp-Est, sans même avoir eu le temps de se défendre. Dans la foule, un vieux qui avait l'habitude de boire et de réveiller sa maison à des heures indues avait protesté : «Et si la maman des enfants n'est pas d'accord, on n'a pas le droit de la forcer, même pour une fois?» «Même pour une fois, pépé, c'est comme ça. Si elle dit non, elle dit non. T'auras qu'à tourner ta manivelle tout seul.» Le groupe s'était mis à rire sous cape. M. Bruno faisait partie de l'association des Droits de la femme. L'importance qu'il accordait à son sujet ne l'empêchait pas de plaisanter. Et quand le vieux avait marmonné une réponse incompréhensible dans sa barbe, M. Bruno avait deviné assez justement de quoi il s'agissait. Il avait insisté : «C'est comme ça, pépé, maintenant, les femmes sont au-dessus des hommes.»

Le vieux Mekune, qui maniait volontiers le sarcasme, était alors intervenu : «Ah, mais si la femme veut être sur l'homme, ça veut dire qu'elle veut que l'homme soit en dessous d'elle, et c'est bon, quand même, pour nous, les hommes… Mais les femmes, attention ! Faut pas être fainéant. Y faut aussi faire bien comme l'homme il fait. Faut aller jusqu'au bout. »

Les hommes avaient pouffé bruyamment. Les femmes qui avaient saisi les paroles de Mekune avaient pressé leurs mouchoirs sur leurs bouches en manquant de s'étouffer. Certaines d'entre elles, qui avaient des liens de cousinage dans l'assemblée et qui n'osaient pas montrer leur liesse en public, s'étaient sauvées derrière la cuisine pour se libérer des spasmes d'hilarité qui les secouaient. Cela n'avait pas empêché leurs gloussements hystériques de parvenir jusqu'à l'assemblée. Un homme leur avait crié de faire moins de bruit et de revenir se joindre au groupe pour partager leurs pensées, si elles avaient quelque chose à dire. Tout le monde savait pourtant très bien de quoi elles riaient.

Sur ce, le vieux Mekune avait cru devoir contribuer davantage à l'animation de l'assemblée : « Houlala ! On dirait que les femmes de maintenant sont plus intelligentes qu'avant. Vous savez, les enfants, si vos mamies avaient su qu'elles pouvaient nous traîner devant le syndic des Blancs, ben-là, y a plus de vieux, ici, à Hnaeu ! Tous les vieux de la tribu pourriraient en prison. Toute la bande à eux ! Wanamatra[2] ! c'est moi qui vous le dis. » L'assemblée s'était remise à rire. Mekune avait soulevé ses sourcils de façon comique tout en désignant de la tête un groupe de vieux qui se tenaient un peu à l'écart, et ses grimaces avaient déclenché d'autres fous rires.

---

2   *Wanamatra !* : interjection (prononcer « wanamatcha ! »).

Les jeunes voyaient sans doute une bande de vicieux et de filous dans la génération qui les précédait, mais aucun n'avait osé prendre la parole, pas même pour en plaisanter. La coutume était au-dessus de tout, c'était l'âge qui faisait loi. Le silence, dans ce genre de réunion, ne signifiait pas que les gens n'avaient rien à dire. Certainement pas.

Les vieux s'étaient illustrés dans un nombre extraordinaire d'historiettes dont les héros avaient souvent mérité une condamnation par le Conseil des Anciens, quand ce n'était pas un séjour en prison. La rumeur disait que l'un d'eux avait eu des relations coupables avec une chèvre et qu'il ne devait son impunité qu'au silence de l'animal.

Le vieux Mekune, lui-même, avait eu un enfant avec une femme qui avait perdu la raison. Quand la famille de la folle s'était plainte à la chefferie, on avait d'abord décidé de réunir le Conseil des Anciens. Mais quand le chef de clan avait appris qu'elle portait un garçon, il était revenu voir le petit chef pour mettre fin à l'affaire. Cette naissance allait être bénéfique au clan qui manquait cruellement d'héritiers mâles et qui risquait de rompre la chaîne immémoriale de sa lignée. À cette nouvelle, la fierté avait illuminé le visage du vieux Mekune qui avait craint de subir les coups de nerf de bœuf administrés par le Conseil des Anciens en cas de faute. Il l'avait échappé belle. Pour les garçons avides de détails scabreux, le vieux Mekune aimait ajouter, en dansant trois coups sur le sol, que c'était pendant sa traversée du désert. À cette époque-là, expliquait-il aux garçons, les filles se faisaient rares à la tribu. Toute cette histoire n'était plus qu'un lointain souvenir.

Lorsque ces petits récits de vie refaisaient surface, à l'occasion des rassemblements coutumiers et des travaux d'intérêt général, ce n'était pas sans peur ni remord que leurs auteurs les racontaient pour la millième fois, comme une confession qu'ils renouvelaient à l'infini. On n'efface pas le passé. Mais, par bonheur, le rire est un baume efficace sur les vieilles douleurs. Il avait – au moins pour un temps – l'effet de pulvériser leur culpabilité.

Kamelë tremblait de peur depuis le départ de son épouse. Il ne parvint même pas à calmer ses ardeurs par ses propres moyens. Il n'était plus d'humeur. Il se rajusta et s'allongea sur le lit dont il n'était pas sûr de mériter l'héritage. Qu'auraient pensé ses aïeux de son comportement? Il se sentit mal. Des idées noires lui traversaient le crâne. Il se voyait déjà à la gendarmerie, menottes aux poignets, sommé de s'expliquer sur le geste qu'il avait imposé à son épouse endormie. Il tentait de se construire une défense en usant des mots des Blancs, mais ses arguments s'emmêlaient.

Fiévreux et suant, il entama une prière incohérente qu'il dut abandonner en cours de route, sans qu'elle l'ait vraiment apaisé. La compassion du Seigneur n'était-elle pas sans limites? Le bien ne triomphe-t-il pas toujours? Oui, et Dieu, dans les Cieux, reste le seul juge de nos actes… Mais, sur sa balance divine, voler un œuf, c'est voler un bœuf… L'humanité avait chu pour bien moins que ça. Mais, la pomme, Adam ne l'avait pas mangée tout seul. Il ne l'avait même pas cueillie… C'était une machination ourdie par le serpent dont Ève s'était rendue complice…

Son crâne était un champ de bataille que ses pauvres pensées ne parvenaient pas à ordonner. Au fond, Kamelë n'avait pas peur des gendarmes. Depuis 1984, l'année des « événements », les Kanak n'avaient plus peur des Blancs, ni même de l'autorité de l'État. C'était le regard de l'Église et de la tribu que le diacre craignait, et cette crainte était en train de le terrasser.

Exaspéré, il se leva et tenta de reprendre la rédaction de son prêche. Mais rien n'y faisait. Les bonnes idées se cachaient obstinément derrière l'horizon de sa pensée. Kamelë s'affala sur sa chaise, dans la posture qu'il avait au moment où son épouse était partie. Le regard perdu, l'esprit tournant à vide, il sombra peu à peu dans une pénible léthargie.

L'arrivée de Wathia le fit sursauter. Elle avait klaxonné depuis le portail, mais, au lieu d'aller ranger la voiture sous le grand flamboyant, comme elle le faisait habituellement, elle se gara juste devant l'entrée de la maison. Elle avait dans l'idée que son mari n'avait pas bougé et qu'il ne serait allé nulle part avant son arrivée. Elle sortit du véhicule toutes dents dehors, affichant son sourire des grands jours. Elle n'avait plus rien de la femme qui avait quitté son foyer en furie, laissant son mari face à la mort. Elle entra en trombe dans la chambre et le chercha du regard. Les sombres pensées de Kamelë obscurcissaient la pièce. Et, à vrai dire, le jour touchait à sa fin.

Ne sachant que penser de l'arrivée en fanfare de son épouse, il garda un silence prudent, faisant mine de fixer sa page comme un homme occupé. Les yeux de Wathia s'accoutumèrent à la pénombre. Lorsqu'elle constata sa posture, plutôt que de retirer ses claquettes et de ranger les clés, elle franchit la porte dans l'autre sens, remonta dans la voiture et relança le moteur. Kamelë laissa alors tomber sa copie et sortit en hâte à sa poursuite.

Le voyant devant la porte, le regard paniqué et les épaules affaissées, elle éclata de rire et coupa le contact. Elle avait prévu sa réaction au millimètre près. Elle savait parfaitement qu'il n'avait pas fait avancer son prêche d'une ligne depuis qu'elle était partie. Elle savait qu'il était là pour l'inviter à revenir dans la chambre. Elle sortit de la voiture avec la joie du vainqueur, mais se garda bien de la laisser paraître. Elle suivit Kamelë qui reprit sa place au bureau, ôta sa belle robe et remit ses habits de maison avant de se coucher, accomplissant ainsi le rituel auquel elle se livrait chaque soir. Incrédule, Kamelë suivait ses mouvements du coin de l'œil, ne sachant toujours pas ce qu'il devait en penser et sachant encore moins comment y réagir.

Devinant qu'elle était observée, Wathia ouvrit lentement son sac en pandanus et en sortit des billets de banque. Des liasses de billets de banque, attachées les unes aux autres par des élastiques. Elle finit par soulever son sac pour en renverser tout le contenu. Les pièces s'entrechoquèrent et roulèrent du lit sur le sol, faisant encore sursauter Kamelë dont les nerfs étaient à vif. Il y avait là, étalé sur le lit, une véritable fortune, l'équivalent d'une recette de kermesse !

— C'est quoi, ça ? bafouilla-t-il.

— C'est vendredi treize, répondit calmement Wathia.

Kamelë acquiesça en clignant plusieurs fois des yeux.

— Qu'allons-nous en faire ? demanda-t-il.

Et comme elle haussait les épaules, il insista :

— J'ai consacré ma vie à Dieu. C'est ainsi que nous vivons. Nous ne devons pas nous attacher aux biens matériels.

— Ne t'en fais pas, lui répondit son épouse. Je ne vais pas m'y attacher.

— La vie terrestre n'a pas d'importance, dit-il encore.

— Pourquoi ? Tu vis dans l'espace, toi ?

Kamelë était un homme sage. Il préférait toujours abandonner la partie quand il l'avait mal abordée. C'était indiscutablement le cas depuis le midi.

Wathia jubilait en comptant ses pièces et ses billets. Elle n'avait jamais eu l'intention d'aller se plaindre de l'inconduite de son mari à qui que ce soit, mais il savait très bien qu'elle aurait été capable de le faire si elle avait vraiment été en colère, et c'est avec raison qu'il avait craint pour sa réputation et pour son avenir. Elle en avait profité pour filer au bingo qui se tenait à la maison commune de la tribu, convaincue que la chance serait avec elle. Quand Wahona lui avait demandé pourquoi elle n'arrêtait pas de gagner toutes les mises de la soirée, Wathia lui avait murmuré à l'oreille :

— Je viens de faire un rêve. Je tenais un grand marqueur rouge avec lequel je cochais des numéros.

— Et tu as fait le lien avec les cartes du jeu de bingo ? s'était exclamée sa cousine.

— Net[3] !

— Mais alors…, pourquoi est-ce que je te vois utiliser un marqueur noir ?

— La pointe rouge…, elle est restée à la maison. *Hohoiosipuakainani*[4] !

Dans la chambre, Kamelë avait renoncé à son prêche et s'était assis sur le lit, à côté de Wathia. Elle entassait les billets sur la petite table de chevet et collait les pièces entre elles avec du scotch.

— Sept cent mille francs, sans compter les pièces que tu n'as pas collées et les billets que tu n'as pas assemblés, s'exclama-t-il en fermant les yeux, pour bien faire entrer la somme dans sa tête.

Wathia avait tout empoché, la *spéciale*, la *queen*, le *bingo*…, sans compter les petites séries.

— Heureusement que je t'ai fait partir à midi, ricana-t-il. Autrement, tu serais toujours en train de dormir.

— Les voies du Seigneur sont impénétrables ! répliqua Wathia d'un air narquois.

---

3   *Net* : absolument.

4   *Hohoiosipuakainani !* : interjection pouvant être traduite par : *haha, saperlipopette !*

Kamelë ne trouva rien à ajouter. Il soupesait les piles de pièces, en laissant glisser quelques-unes entre ses doigts.

— Fais attention, dit-elle encore. La prochaine fois, j'irai vraiment me plaindre auprès des Droits de la femme.

Puis elle se redressa, faisant rouler les pièces entassées sur sa robe et enlaça Kamelë qui l'embrassa aussitôt avec fougue. Oubliant la broutille du midi, ils se laissèrent tomber sur leur grand lit à baldaquin et firent brûler le feu de leur amour.

Ce mercredi après-midi, M. Théodore décida d'abandonner ses notes pour aller se promener de l'autre côté de la rivière. Il s'y trouvait un lopin de terre que le Conseil des Anciens de la tribu de Tiéta avait autrefois légué aux enseignants qui voulaient cultiver leurs légumes.

À peine sorti de sa maison, M. Théodore sentit le vent le pousser dans le dos. À l'approche des grandes vacances de fin d'année, il lui fallait calculer les moyennes trimestrielles de ses élèves. Une tâche laborieuse. Ses pieds se mirent à bouger et le guidèrent sur le chemin qui traversait l'allée de faux peupliers[5].

Il faisait beau. Le ciel était bleu. Un vent léger faisait frémir les feuilles des arbres. Tout là-haut, entre les deux montagnes qui marquaient l'entrée de la tribu, une buse tournoyait au-dessus de la vallée.

---

5   *Faux peuplier* : variété d'érythrines endémique à l'archipel de Nouvelle-Calédonie.

« Ouf! quelle belle journée! Qu'il fait bon vivre loin du bruit de Nouméa! » marmonna-t-il en allant de son train de sénateur.

Arrivé sur le pont, il aperçut la vieille Thérésia.

Elle était en contrebas, sur la berge de la Tiéta. Elle pêchait. Sa gaule était une branche de mimosa choisie et taillée avec soin. Le flotteur était un bouchon de liège provenant de l'une des innombrables bouteilles de vin vides que son mari, Rémy, entreposait dans un coin de la maison. Il n'était pas avec elle, bien entendu. Rémy, un métropolitain originaire de Melun, trônait en chef dans la petite communauté des ivrognes de la région. Il se levait tôt le matin pour aller rejoindre ses complices devant le magasin du village. Dès son arrivée, il y achetait une bouteille dont il acceptait à de rares occasions de partager une faible partie, puis il s'installait à côté de l'étalage de fruits et légumes de l'unique petit marché du village et se bourrait la panse. Une manière comme une autre de se guérir du temps.

Au petit marché, Thérésia vendait les produits de son champ. Personne ne lui faisait de concurrence. Dans la vallée, les gens étaient très occupés à ne s'occuper de rien, ou alors à penser. Beaucoup penser. Tout le monde avait les yeux rivés sur l'usine du Nord. Les petits diplômés du coin voulaient tous avoir un poste à grande responsabilité, et personne ne donnait plus son temps au travail des champs. Seule Thérésia soutenait que la terre pouvait toujours répondre aux exigences de la modernité. Elle pensait que la terre nivelle les situations et les hommes, qu'elle abolit les différences…

M. Théodore la rencontrait souvent de ce côté du pont. Elle allait soigner les bananiers et les ignames qui poussaient sur ses carrés. C'est de là qu'elle tirait toutes ses ressources. Elle n'en avait pas honte.

« Tu sais, Moni[6], les jeunes d'aujourd'hui ne veulent plus travailler la terre. Ils attendent toujours une promotion. Ils attendent que quelqu'un vienne leur donner l'argent qu'ils réclament. C'est peut-être parce que nos enfants ont été habitués à ne rien faire. C'est dégoûtant. Ça ne travaille pas, mais ça écoute la musique. Ça fait la politique. Tu vois, mon fils, je ne lui parle plus. Il est déjà grand, maintenant. Mais il n'est pas devenu ce que j'attendais de lui. Je voulais qu'il ait un métier qui rapporte de l'argent, beaucoup d'argent. Ça m'aurait aidé à payer la pension de Myriam. Tu sais, je ne gagne pas beaucoup. Je travaille pour manger, mais aussi pour sentir la vie. Tu vois, nous autres de l'ancienne génération ? Nous avons été habitués à travailler dur par nos parents. Je ne peux pas rester sans rien faire. Autrement, je mourrais. Je vis parce que je bouge tout le temps. Il faut pousser la brouette tous les jours. Même si je crois avoir tout terminé ce que j'avais pensé faire le matin, il y a d'autres tâches à accomplir. Il faut désherber à nouveau. La pluie tombe souvent en ce moment. »

M. Théodore écoutait en silence. Il était fasciné par la façon dont vivait Thérésia, une femme qu'il ne rencontrait jamais dans les journées portes ouvertes de

---

6   *Moni* : abréviation de « Moniteur » et surnom que
     Thérésia donne à M. Théodore.

l'école. Il ne la voyait jamais ailleurs qu'à côté du pont. Normal : la famille de M. Théodore vivait à Nouméa, et lui ne venait à Tiéta que le lundi pour repartir le vendredi, après ses derniers cours. Sa femme l'accompagnait parfois dans ses déplacements, mais ils avaient bien peu d'occasions de se mêler à la vie de la tribu. Il arrive que l'on vive les uns à côté des autres sans parvenir à se connaître vraiment.

Et puis, Thérésia avait un emploi du temps très chargé. Par respect, elle ne mettait jamais les pieds dans l'enceinte de l'établissement. Les gens de la tribu avaient leur explication à ce sujet : « L'école est un lieu de savoir, chose qu'elle ne possède pas. » Dieu l'avait ainsi voulu : « Elle n'est bonne qu'à planter le manioc. » C'était écrit, et rien ne pouvait aller à l'encontre de la volonté divine. Thérésia, c'était la génération qui donnait à l'école la même dimension que celle de l'Église.

Des éclats de voix firent sursauter M. Théodore qui tourna aussitôt son visage vers la tribu. L'espace d'un instant, il avait cru se retrouver en pleine nuit, à l'heure du passage des chevaux sauvages, des chats errants, des chiens sans maître et des cris aigus des oiseaux auxquels il ne parvenait pas à s'habituer. Une moto démarra en trombe. M. Théodore eut un mouvement de recul.

Thérésia était indifférente à ce tapage. Elle savait que c'étaient les enfants de la tribu qui se disputaillaient leurs cadeaux de fin d'année. Elle s'apprêtait à reprendre son bavardage quand elle constata à quel point M. Théodore était mal à l'aise. Elle comprit que les cris sauvages que poussaient souvent les jeunes faisaient peur à l'étranger. Elle retira sa ligne et la rangea dans son seau. Elle y ajouta les carpes et les mulets noirs qui avaient commencé à se dessécher sur les galets brûlants de la berge.

— Je vais vous en donner quelques-uns, dit-elle à l'enseignant.

— Oh… non…, c'est très gentil, mais je ne saurais pas quoi en faire…

Thérésia continuait à lui tendre le seau comme si elle n'avait rien entendu. M. Théodore était très indécis. Il avait peur de vexer la vieille dame en refusant son offrande. Mais il savait qu'elle vivait de très peu. Il ne voulait pas la priver de ses maigres ressources.

— Eh bien… C'est vraiment gentil, alors… je vais prendre le petit, là. Ça sera bien assez pour moi.

Il saisit maladroitement un mulet minuscule qu'il ne savait pas par quel bout tenir. Puis il lança un sourire gêné à Thérésia, la salua et s'empressa de partir pour terminer ses calculs de moyennes, son petit poisson à bout de bras.

Remontant de la rivière, son seau toujours à la main, la vieille se dirigea tout droit vers l'abri de tôles rouillées que son mari avait arrangé au bord du champ, pour se protéger de la pluie, mais aussi, et surtout, des regards.

Pourquoi fallait-il que le temps passe si vite ? Elle était en retard…

Depuis le matin, elle ne se sentait pas bien, à cause du mandat postal du grand-père qui tardait à arriver. Et il y avait autre chose… un sentiment de mal-être inexplicable qui la turlupinait. Cette année, elle n'avait pas été assez régulièrement à son champ, à l'heure de l'arrosage. Les melons n'arriveraient sans doute pas à maturité. Un manque à gagner. Thérésia était une femme rigoureuse qui n'aimait pas déroger à la noble charge champêtre que dictaient les cycles de la lune.

Les ombres des arbres indiquaient presque deux heures. Il n'était pas question d'attendre un jour de plus avant de ramer les ignames sur les cordes que son mari avait tendues entre deux poteaux en guise de tuteurs. Elle pouvait aussi sarcler, mais l'énergie lui manquait, elle se sentait comme en veilleuse. Au lieu de la booster, le soleil qui dominait cette journée radieuse l'anéantissait. L'élan qui la portait habituellement refusait de venir à son secours.

Elle s'assit sur la souche d'un badamier que son homme avait scié pour éclaircir le champ. De là, elle pouvait suivre des yeux la ligne des piquets de bambous qu'elle avait fichés en oblique tout au long des cordes de soutien de sa rangée d'ignames. À ses pieds, les premières tiges étaient sorties de terre. Elle se baissa et commença à les ligaturer, mais une lourde fatigue pesa sur sa nuque et ses gestes répétitifs se firent imprécis. Elle était en train de s'assoupir.

Du coin de l'œil, elle aperçut soudain une chenille minuscule rampant sur l'une des cordes de soutien. Une chenille d'un vert intense, presque fluorescent. Thérésia approcha son visage pour mieux la contem-

   — LE DOS DE LA CHENILLE —

pler. La funambule avançait lentement, d'un mouvement mécanique et hypnotique qui capturait toute l'attention de la vieille femme. La bestiole s'étalait de tout son long sur la corde raide que ses pieds pinçaient en tenaille. Puis elle ramenait son train arrière vers l'avant en tremblant légèrement, se pliant par le milieu d'une façon amusante qui lui donnait l'allure d'une petite vieille courbant le dos. Elle projetait alors sa tête et sa poitrine aussi loin que possible, et se trouvait à nouveau allongée de tout son long, prête à recommencer son numéro d'équilibriste.

Captivée, Thérésia suivait le fil de sa course comme s'il s'agissait de la chose la plus importante au monde. Assise tel un lutin sur sa souche, elle s'abandonna au temps qui déferlait sur elle en une vague paresseuse. Quel transport ! Une brise fragile glissa sur la vallée depuis la montagne. La chaleur du jour se fit soudain plus légère et la fatigue de la vieille femme se mua en un flottement délicieux. La petite chenille était en train de dissiper son humeur misérable. Le temps coulait et Thérésia était de plus en plus en retard. Partout, les tiges d'igname qui avaient percé le sol attendaient de trouver leurs tuteurs. Les plus grandes d'entre elles rampaient déjà sur la terre brûlante et commençaient à dépérir sous le soleil implacable de décembre. Quelle chaleur !

Ravigotée, Thérésia sortit enfin de sa torpeur et se mit à l'ouvrage. Elle termina sa ligne d'ignames et sarcla tout son soûl jusqu'à la fin de l'après-midi.

Elle venait de s'engager sur le chemin du retour lorsque le vrombissement d'un moteur fit trembler l'air.

Elle leva la tête en direction de la route et distingua un nuage de poussière à hauteur de son champ. Thérésia tressaillit. Au même moment, le bananier planté au niveau de la barrière de l'entrée frémit sous l'effet d'une secousse. La voiture repartit.

Thérésia ne bougea pas. Elle avait peur. Elle demeura quelques minutes immobile avant de se résoudre à aller voir ce qui s'était passé.

Sur le flanc du bananier, il ne restait plus qu'un moignon. La sève coulait à flots sur les feuilles sèches qui recouvraient le sol. Du régime de poingos[7], il n'y avait plus trace. Cette vision lui brûla les entrailles. Tant de labeur pour ça ! Elle avait tellement espéré vendre ses bananes et ses melons ! Ce n'était pas la première fois qu'un tel acte était commis à son encontre. Elle ne le disait jamais à personne, de peur de faire des histoires à la tribu.

Son regard alla instinctivement vers les autres bananiers qui surplombaient le champ de leurs grosses feuilles. Il restait des régimes de bananes-dessert dont les fruits n'étaient pas entièrement parvenus à maturité. Mais ils pouvaient déjà être cueillis. Il lui fallait les couper si elle voulait profiter du prochain passage du colporteur.

Elle administra quelques coups de sabre. Deux régimes. Ils lui rapporteraient autant que le régime dérobé. Elle piqua ensuite son couteau dans le sol et s'assit sur les feuilles de bananier sèches. Elle suait aussi fort que si le soleil était toujours à pic. Elle s'es-

---

7   *Poingos* : bananes à cuire.

   — LE DOS DE LA CHENILLE —

suya la commissure des lèvres avec le pan de robe qui lui recouvrait le sein. Elle s'aperçut qu'elle bavait. Puis elle regarda longuement ses deux régimes en pesant leur valeur. Combien lui fallait-il encore pour les besoins de la maison ? « Ô ciel ! souffla-t-elle. Et la pension de Myriam, et la calculatrice qui fait des graphiques, pour les cours de M. Théodore ? » Tout ça lui retournait le ventre.

Le combat pour la vie a besoin d'une cause juste. Il lui fallait résister. Elle se releva d'un bond et transporta le premier régime vers le bois noir. Le point de ralliement. Elle revint ensuite pour chercher le second. Puis elle détacha les mains des bananes de la nervure principale et les enfonça dans des grands sacs qu'elle avait tirés de sous une pierre. Myriam viendrait l'aider à transporter tout cela.

Une fois l'ouvrage achevé, elle s'étira et prit un peu de repos sur les feuilles de cocotier qui jonchaient le sol. Elle allait s'endormir, assommée par sa longue journée et par le sang qui lui martelait les tempes, lorsqu'un nouveau bruit de moteur la fit sursauter. La voiture ralentit en parvenant à sa hauteur. De l'habitacle, les occupants lui firent de grands signes pour la saluer. Cette fois-ci, Thérésia était bien visible de la route. Quelques-uns lui crièrent des mots gentils en agitant haut la main.

Elle eut peine à penser que cette même voiture s'était arrêtée une heure plus tôt pour lui voler un régime de bananes. Elle s'essuya seulement le visage et ravala sa misère. Quelle honte, se dit-elle ! Que Dieu les bénisse !

Elle se leva avec difficulté et partit vers la rivière qu'elle traversa avec prudence, son seau de poissons à bout de bras. C'était le chemin détourné. Elle ne voulait pas emprunter la grande route et se faire voir par les gens du village qui montaient vers la chaîne centrale. Le soleil était déjà derrière les montagnes.

À quelques pas de la maison, Myriam vint à sa rencontre avec le sourire des jours heureux.

— Maman! C'est Madame qui m'a amenée à la maison! lui cria-t-elle.

— Quelle Madame?

— Mme Nathalie. Elle s'est arrêtée toute seule. Je n'ai même pas fait du pouce[8].

— C'est bien, ma fille… et le mandat de Hao[9]?

— La madame de la poste n'a rien donné. Elle a dit seulement que le papier allait arriver tout seul. Hao peut aller lui-même le toucher à la poste mobile qui passera à la maison commune mardi, ou bien jeudi de la semaine prochaine.

— Ah bon! Ça fait quand même un bon bout de temps que grand-père espérait ça! Et Maciri?

— Il est avec Raymond et les garçons de l'école du dimanche. Ils allument des feux d'artifice et des pétards vers la maison commune. Il est même monté sur le quad de Julie!

— C'étaient eux qui criaillaient tout à l'heure comme des fous?… Ça veut dire qu'il n'était pas parti avec toi pour aller à la poste?

---

8   *Faire du pouce* : faire de l'auto-stop.

9   *Hao* : grand-père.

— Non.

— Laisse… il va m'entendre. Prends le seau et va nettoyer les poissons. C'est notre manger de ce soir.

Lorsqu'elle parvint sous la tonnelle, Thérésia poussa un cri d'étonnement et de frayeur. Il y avait là plusieurs cartons de vivres et de jouets pour enfants. Un trésor. Un stock énorme !

Elle se tourna vers sa fille pour lui demander des explications. Myriam resta muette. Elle était aussi interloquée que sa mère qui n'avait jamais vu autant de richesses à la maison. « C'est pas moi, mam… »

La voix du grand-père fusa alors de la case : « Mme Nathalie a descendu la petite et lui a dit d'aller jouer. Puis elle a ouvert son coffre et a débarqué tous ces cartons en nous souhaitant joyeux Noël. Elle m'a aussi remis ça : tiens. »

Thérésia déchira l'enveloppe que lui avait tendue le grand-père. Elle contenait plus d'argent que le mandat qu'elle attendait. Était-ce un don de Dieu ? Non… c'était un geste du cœur. Thérésia n'en revenait pas. Elle resta plantée là, ne sachant quoi faire. Les frasques de son mari qui n'était toujours pas revenu de Voh, le régime de poingos volé, et toutes les misères du monde n'avaient plus aucune importance. Tout cela venait de s'évanouir comme la rosée sous le soleil du matin. Le paradis était sur Terre… Et chez Thérésia, plus encore que d'habitude, un bonheur paisible et puissant recouvrit tout ce qu'il restait du jour.

Un peu plus loin, dans la maison de M. Théodore qui venait tout juste de rentrer du travail, Mme Nathalie faisait cuire un petit poisson.

Les fleurs de potr

*L*orsque Ngönale était parti de la maison, il avait d'abord fait plusieurs tours du petit rond-point devant notre villa, avant de rejoindre la grande route. « Zanako, je t'aime », avait-il hurlé à tue-tête pendant que son image s'était incrustée dans mon âme.

Nous venions de nous marier. Ça n'excusait pas son extravagance ni cette façon d'offenser la coutume qui me faisait honte. Mais pour Ngönale, ça n'était qu'un moyen de me prouver qu'il m'aimait très fort. À vrai dire, je n'avais jamais douté de ses sentiments, même si nous avions été mariés par la coutume. Je ne le connaissais pas avant de l'épouser. Je ne l'avais jamais vu. Il appartenait pourtant à la tribu voisine, mais les générations qui nous avaient précédés ne s'aimaient guère. Une haine ancestrale nous avait encouragés à nous regarder en chiens de faïence. Les gens de chez moi détestaient les gens de chez Ngönale.

Le matin de ce jour-là, un mardi, jour de l'arrivée des bateaux au port de Wé, Ngönale et moi portions chacun une couronne de potr[10] à nos cous. Les fleurs blanches sentaient fort. Mon mari s'était levé très tôt pour les confectionner.

Tout en faisant le fou dans sa voiture, il avait ri aux éclats en se balançant sur le volant, puis avait soulevé sa couronne pour montrer qu'elle était identique à la mienne. « Nous deux, jusqu'à la mort, Hahaé… » avait-il crié par la fenêtre à la terre entière, la tête poudrée par la poussière que soulevaient ses dérapages.

J'étais heureuse. J'avais tout ce qu'une femme peut attendre d'un homme. J'étais toute propre dans mes beaux habits neufs offerts par Ngönale la veille. Il était rentré assez tôt après son chantier de débroussaillage au col Boula et s'était arrêté chez Pahnahna pour m'acheter une robe. Une commande qu'il avait passée bien auparavant pour la fête des Mères. Pahnahna lui avait également vendu un collier de coquillages et de graines du Vanuatu que j'avais mis par-dessus ma belle robe.

C'était des cajoleries et des mièvreries sans malice. Tout ce que nous voulions, c'était défricher un petit bout de paradis sur Terre. Et toutes les rancœurs que la vie nous avait infligées s'étaient évanouies dans la poussière, devant notre villa, pendant que Ngönale faisait le fou pour me faire rire.

Après la première nuit de notre mariage, nous nous étions rendus chez le vieux Treijë qui nous avait

---

10   *Potr* : fleur d'un arbre appelé « bois de pétrole » (*Fagrea Schlechterii*) avec laquelle les gens de Lifou confectionnent des couronnes. Le potr ressemble beaucoup à la fleur de Tiaré.

demandé : «De qui es-tu le prochain?» Je crois qu'il posait toujours cette question aux jeunes couples qui lui rendaient visite. C'est surtout aux hommes qu'il l'adressait : «Ngönale, mon fils, quand il est dit dans les Évangiles "Tu aimeras ton prochain comme toi-même", dis-moi ce que ça veut dire... Qui est ton prochain?» Le vieux martelait ses phrases avec beaucoup de force. Nous réfléchissions tous les deux, mais je comprenais bien que c'était Ngönale qui devait répondre et je le fixais avec curiosité. Il finit par évoquer son petit-frère et sa sœur aînée. Le vieux garda le silence et attendit, comme si cette réponse ne le satisfaisait pas. Ngönale s'impatienta un peu et ajouta qu'il ne voyait pas où l'autre voulait en venir.

Treijë dit alors : «Mon fils, ton prochain dans la Bible, c'est d'abord ton épouse. Celle qui est à côté de toi en ce moment. Les autres êtres que tu as cités sont tes prochains. Mais ils ne sont pas aussi proches que tu l'es de Zanako. Ce que tu fais à ton épouse, tu ne le fais pas à ta sœur, ni à ta mère, ni aux autres personnes que tu as citées.» Je souris et le vieux sourit avec complicité en retour, sans détacher son regard de mon mari. «Ngönale, Zanako est née pour toi et pour la Vie. On n'a pas bien conscience de cela quand on est jeune comme toi. Mais quand le soleil de la vie marque quinze heures au cadran de notre horloge, notre épouse prend une tout autre importance, sans qu'on sache pourquoi. Mais ça, notre entourage ne le voit pas, parce que chez nous, en tant qu'homme, on doit toujours montrer notre hauteur. Surtout nous, les gens de Hunöj.»

Le corps du vieux Treijë était sec et ratatiné, mais sa voix était puissante et je l'écoutais de toutes mes oreilles, fascinée par la force que lui conférait son expérience.

« Mon fils, tu vois, mon épouse, Wahnima *qatr*[11], je ne sais pas comment la remercier. Avant, quand j'avais ton âge, je l'ai maltraitée. Il m'est arrivé de la frapper et de lui dire de rentrer chez ses frères parce que je n'avais pas besoin d'elle. Je croyais que c'était elle qui avait besoin de moi et qui vivait à mes crochets. J'avais beaucoup de fierté. Je me donnais de l'importance. C'était de l'ego pur. Wahnima *qatr*, elle a eu beaucoup de patience avec moi. Maintenant, j'ai quatre-vingts ans passés et les rôles se sont inversés. Je suis devenu jaloux de mon épouse en l'aimant davantage. Tu sais, mon fils, l'amour est un sentiment supérieur qu'on ne comprend jamais. Je ne sais pas si ma Vieille m'aime vraiment. Elle aurait pu rentrer chez ses frères comme je le lui ai répété tant de fois quand j'étais saoul. Elle est restée, j'ai eu de la chance. C'est la magie de la vie. Si Wahnima *qatr* me quittait aujourd'hui, moi, je mourrais. Mon corps sait de toute façon qu'il doit bientôt arrêter de vivre. Ça ne serait pas comme si on me coupait la main. Ça serait comme si on me coupait la tête... »

Pendant que Treijë parlait, Wahnima *qatr* entra. Elle nous proposa du jus de citron et des cocos verts. « Buvez, mes enfants. Ce sont les petits-fils de la mai-

---

11   *Qatr* : vieux, vieille en langue drehu. Cela n'a rien de péjoratif, le mot exprime le respect vis-à-vis de la personne âgée ou jeune.

 — LES FLEURS DE POTR —

son qui ont cueilli ces fruits. C'est pour lui, mais lui, il ne pourra pas tout boire. Buvez, vous deux. Et s'il en reste, vous pouvez en emmener avec vous. »

Le vieux Treijë s'était tu d'un seul coup. Comme s'il n'avait jamais parlé. « Voyez, mes enfants, Treijë *qatr*, ce n'est plus comme avant. On ne sait pas… Il ne mangera peut-être pas l'igname de la nouvelle année. » Elle s'arrêta. Des larmes lui montaient des entrailles et faisaient trembler sa voix. Je compris que Treijë *qatr* n'était pas son mari, qu'il n'était pas son fils, il était son prochain.

Ngönale avait écouté les paroles de Treijë *qatr* et, par la suite, il avait toujours essayé d'en tenir compte. Quand la vie nous avait imposé des moments difficiles, je lui avais rappelé les paroles du vieux. Et Ngönale s'était repris. Cela nous avait toujours permis de repartir à zéro et de revivifier la vie de notre couple. Le temps avait passé, nos filles aînées étaient presque devenues des femmes, mais Ngönale avait continué à me traiter avec amour et respect, comme si nous étions de jeunes mariés.

Moi, mon prochain, c'était lui. Et, ce matin d'un jour heureux, il était devant moi en train de faire le fou, comme un adolescent voulant prouver son amour à la petite amie qu'il vient de conquérir. Je n'ai même pas éprouvé de colère contre lui, comme j'aurais dû le faire en pareille situation. J'ai ri. Nous avons ri ensemble, Ngönale et moi, devant notre villa, dans la poussière, avant qu'il ne s'en aille.

Sylviane vint me chercher peu après. Nous devions aller dans la famille de Hnadrunë qui venait de décéder, afin d'assister à une coutume pour la circonstance. Dans la voiture, Sylviane me fit des compliments sur les habits que je portais. On parla de Pahnahna, cette femme de Hunöj qui s'était lancée dans la couture. Sylviane me dit qu'elle n'aimait pas Pahnahna. Elle avait quitté le groupe des autres femmes qui s'étaient lancées dans la couture, dans une association créée par l'épouse du pasteur. L'association s'appelait « Élan vert », le vert étant la couleur de la tribu. Sylviane disait que ce n'était pas bien de ne pas suivre les directives d'une femme aussi respectable. Que cela ne plairait pas à Dieu. Je ne l'écoutais que d'une oreille. Elle semblait jalouse, mais c'était seulement parce que Pahnahna était sa belle-sœur. Pour une raison étrange, beaucoup de femmes détestent leurs belles-sœurs.

Quand nous arrivâmes dans la maison touchée par le deuil, il n'y avait presque personne. Une maman sortit de la cuisine pour nous dire qu'on pouvait aller dans la case. Elle nous dit aussi que le corps de Hnadrunë n'était pas encore arrivé de Nouméa. On entra tout de même pour pleurer la défunte. Je m'efforçais de pleurer et d'être en harmonie avec les autres pleureuses.

Après les pleurs vint le temps des discours. Trohnyima, notre chef de clan, s'avança et présenta notre geste[12]. Il rappela la place de Hnadrunë dans notre famille et dans notre clan. Ce qu'il ne dit pas, c'est que Hnadrunë était aussi une des anciennes conquêtes de

---

12 *Geste* : offrande coutumière.

Ngönale. Ils vivaient ensemble avant que les gens de chez lui viennent me voir pour imposer leur coutume de mariage.

J'avais beaucoup de mal à me sentir triste. Au fond de moi, je ne pouvais m'empêcher de me dire que c'était bien fait pour elle, que désormais, j'allais mieux profiter de mon mari. Au sortir de la case, une voix nous parvint de la cuisine pour nous inviter à aller boire du thé sur la table préparée pour recevoir les familles. J'étais sur le seuil en train de chercher mes claquettes lorsque je fus prise d'un malaise. Tout devint noir autour de moi. J'allais m'écrouler et je ne dus mon salut qu'au câble de l'antenne de télévision qui courait sur la façade de la case et sur lequel je parvins à m'accrocher. Voyant que je mettais du temps à enfiler mes claquettes, Sylviane me demanda ce qui n'allait pas. Je lui dis que je ne me sentais pas bien et qu'il fallait me soutenir un moment. J'enroulais mon bras sur son épaule et enfilais mes claquettes, puis nous partîmes rejoindre les autres femmes attablées. Les hommes prenaient leur thé un peu plus loin, sur une autre table. On percevait leurs discussions et leurs rires.

Au retour de Xodre, Sylviane proposa de s'arrêter chez Pahnahna. Elle avait peut-être oublié qu'elle avait dit du mal de la couturière quelques heures auparavant. La robe que Ngönale m'avait offerte avait fait son effet sur Sylviane et elle voulait sans doute s'en commander une autre pour elle-même. Je déclinai son l'invitation. Je souhaitais rentrer à la maison sans tarder, car Ngönale allait arriver avec ma machine à laver. Mais je me gardai de le dire à Sylviane. Cela aurait pu me porter malheur.

Quelques instants seulement après le départ de Sylviane, mon téléphone sonna. C'était Roger, le responsable du quai des caboteurs des îles. Il me prévenait que quelque chose était arrivé à mon mari et qu'il me fallait rallier les quais de Wé au plus tôt. Le ton qu'il avait employé pour délivrer son message m'avait terrifiée. Je cherchais mes clés dans mon sac à main et partis récupérer ma voiture à l'arrière de la maison.

Quand j'arrivais sur le quai, il pullulait de monde. Sylviane était montée vers la route à ma rencontre. Elle me conseilla de ne pas descendre de la voiture. J'étais à présent certaine que quelque chose de grave s'était produit. Les gendarmes et les ambulances laissaient tourner leurs gyrophares. Munamo, le grand frère de mon mari, repéra ma voiture et arriva sans tarder. Il marchait droit vers moi, comme pour me bloquer la route. Il me dit de ne pas descendre, que ça n'était pas beau à voir. Devant mon incompréhension, il se fit plus précis : « Mais, Sylviane, elle ne t'a rien dit ? Ngönale, mon petit frère… il est parti. » Puis il se tut et ne regarda plus que le sol. Sylviane explosa en pleurs et m'enlaça. Je comprenais pourquoi elle ne m'avait rien dit. On ne nomme pas la Mort. Tout s'écroula autour de moi, je ne voyais plus rien. Je ne savais plus si je pleurais. J'avais seulement l'impression d'étouffer. Ce n'était pas possible ! Le matin, Ngönale était parti de la maison plein de joie, éclatant de vie, comme à son habitude quand il allait au travail…

Je repris lentement conscience sur le chemin du retour. Munamo conduisait la voiture, un autre homme que je ne connaissais pas occupait le siège avant.

Affalée à l'arrière, je criais le nom de mon mari, ma tête posée sur les jambes de Sylviane. Personne ne parlait. Toute l'attention était tournée vers moi. Épuisée par le choc et la douleur, je retombai dans l'inconscience. Lorsque je m'éveillais à nouveau, l'homme inconnu était en train d'expliquer à Munamo comment Ngönale était mort. Mon esprit embrumé mit du temps à décoder les mots qui me parvenaient comme au compte-gouttes. J'essayais de recoller les informations reçues avant de finir par renoncer. Cela ne ferait pas revenir Ngönale. Je me mis à pleurer plus fort lorsque je vis la couronne de fleurs accrochée au cou de l'inconnu. Constatant que j'étais réveillée, il se tourna vers moi et m'apprit qu'il était l'oncle maternel de mon mari. Lui aussi était venu sur les quais pour récupérer de la marchandise. Ils s'étaient parlé, et Ngönale avait retiré sa couronne pour la lui donner. Le reste, c'est-à-dire ce qui s'était passé, il ne l'avait pas vu. C'était seulement après, devant l'hôpital de Wé, pendant que les infirmiers essayaient de redonner forme au cadavre de Ngönale, c'était seulement là que l'oncle avait discuté avec les témoins de l'accident et avait appris comment les choses s'étaient déroulées.

En arrivant de la tribu, Ngönale avait laissé sa voiture à l'ombre d'un cocotier. Il avait d'abord parlé avec Drowaja, son oncle maternel, puis il était parti. Mais quelque chose l'avait fait revenir pour qu'il lui donne la couronne de fleurs. Un gigantesque élévateur avait alors traversé le terre-plein, obligeant les deux hommes à se séparer. Drowaja était parti pour consulter le manifeste. Ngönale, lui, avait couru derrière la machine. Il avait appelé le conducteur, mais les bruits de moteur avaient couvert sa voix. Il avait alors grimpé sur le marchepied du mastodonte. Il avait glissé. La roue arrière lui était passée dessus. La machine avait continué son chemin pendant que Ngönale se tortillait de douleur sur l'asphalte que le soleil avait rendu brûlant. C'était aux environs de neuf heures, au moment où je m'étais sentie mal sur le seuil de la case.

Ngönale avait crié sans que personne ne l'entende. C'était Roger, le responsable du quai, qui avait assisté à la scène depuis la fenêtre de son bureau. Il avait accouru, mais il n'y avait plus rien à faire. Le bassin de Ngönale était collé à l'asphalte. Roger lui avait demandé de tenir bon, lui avait dit qu'il allait appeler des secours. Il était revenu en courant vers son bureau pour téléphoner. D'autres personnes qui se trouvaient aux abords s'étaient précipitées pour arrêter la machine qui continuait sa manœuvre comme si de rien n'était. Lorsqu'ils avaient prévenu le conducteur de ce qui s'était passé, il avait juré qu'il n'était pas l'auteur du drame. Mais en voyant l'attroupement qui s'était formé autour du lieu de l'accident, il ne dit plus rien. Ngönale était allongé comme une limace sur le trajet de la machine qui revenait du dock. Il n'y avait rien à dire.

Je suis partie au champ une semaine après l'enterrement de Ngönale. J'avais conscience que je n'avais pas la force nécessaire pour supporter le poids de son absence, mais je suis tout de même partie. J'ai pris mon téléphone avec moi, et le couteau de mon mari. Il fallait couper les épis de maïs qui étaient arrivés à maturité pendant tout le temps du deuil. Lorsque je me suis approchée de la bordure plantée de cordylines, une forte odeur de fleurs de potr s'en échappait. Je m'en suis étonnée, car il n'y avait pas de bois de pétrole autour du champ[13]. J'ai attendu en fermant les yeux. Un briseur de cœur[14] a lancé un trille. J'ai sursauté. J'ai revu le visage de Ngönale, le dernier jour avant qu'il ne parte vers le quai de Wé. J'ai vu son sourire et ma poitrine s'est soulevée. J'ai pleuré. Dans ma tête, Ngönale criait à tue-tête en tendant la couronne vers moi : « Nous deux, jusqu'à la mort. »

Je n'ai pas eu la force de continuer et d'avancer vers le milieu de notre champ. Mes pieds ne me portaient plus. J'ai regardé au loin par où j'étais venue, pour voir si une de mes filles ne m'avait pas suivie. Personne. Je voulais vraiment cueillir quelques épis de maïs, mais je les ai laissés tomber sur le sol sans parvenir à me plier pour les ramasser. J'en ai quand même coupé une dizaine pour mes filles et moi. Le soir est arrivé et une force me retenait toujours au champ. Dans le ciel, les roussettes qui venaient de la grande forêt sont apparues. J'ai entendu les derniers chants des oiseaux avant la nuit. Une de mes filles allait venir me chercher, je le sentais. Elle allait se rendre compte de mon absence.

Je suis sortie de mon assoupissement lorsque le briseur de cœur a lancé son dernier trille. Le jour décli-

---

13 *Bois de pétrole* : autre nom du *potr*.

14 *Briseur de cœur* : petit oiseau de la famille des fauvettes qu'on appelle aussi « lunettes » parce qu'il a deux cercles autour des yeux qui ressemblent à des lunettes.

nait pour de bon. J'étais assise sur la vieille natte, sous les quelques feuilles de tôles que Ngönale avait posées sur quatre piquets de gaïac et qui nous servaient d'abri contre les pluies et les grandes chaleurs quand nous ne rentrions pas pour déjeuner à la maison. J'avais peur.

Sylviane est apparue, accompagnée de Pauline, mon aînée. Elles savaient où me trouver. Lorsqu'elles sont parvenues à mes côtés, elles m'ont pressée de partir. J'ai montré les épis de maïs que j'avais laissés aux pieds des plans, Pauline a décroché un sac coincé entre la tôle et une panne et elle est allée les ramasser. Sylviane et moi sommes restées silencieuses. Elle savait que je n'avais pas envie de parler. Elle s'est assise sur un grattoir que Ngönale avait amené là. Je n'ai pas su ce qu'elle pensait. Nous sommes reparties sans qu'aucune parole ne soit échangée, les pas de l'une dans les pas de l'autre. Je crois que c'est à ce moment que j'ai compris à quel point je m'étais rapprochée de Sylviane, à quel point elle représentait un pilier pour moi.

À la maison, Gérard, l'oncle des enfants, m'attendait. Il était attablé, sous la véranda. Seul. Il prenait un café. Lorsqu'il nous vit arriver, il se leva et alla dans sa camionnette pour y chercher quelque chose. Pendant que Pauline amenait le sac de maïs à la cuisine, Sylviane repartit vers sa voiture en me souhaitant une bonne soirée. Le soleil était sous l'horizon, à présent. Gérard revint de sa camionnette pour me rejoindre à table et reprendre son bol de café. Il me fixa un instant. Je ne dis rien, mais mes larmes se mirent à couler. C'était le silence qui parlait. Le langage de la douleur.

Gérard me laissa faire un bon moment, puis il prit la parole. Il me dit qu'il était venu pour me proposer quelque chose. Il ne me dit pas qu'il était venu parce Ngönale lui manquait aussi. Il voulait seulement savoir si j'étais d'accord pour qu'il me paye un billet pour aller à Nouméa et consulter un voyant. Le voyant de la famille. Je lui répondis que ça n'était pas nécessaire, que ça ne ferait pas revenir Ngönale à la vie. « C'est vrai. Mais même si Ngönale ne revient pas, au moins tu sauras ce qui a provoqué son départ. »

Je gardais longuement le silence. Depuis la mort de Ngönale, j'avais perdu le sens du temps. Je me contentais de respirer. Je m'accrochais à cette simple fonction de la vie. Je n'avais plus aucune autre motivation. Je décidai d'accepter sa proposition pour ne pas l'offusquer, mais je pensais surtout à mes enfants que j'allais devoir quitter.

Deux jours plus tard, Justine, ma belle-sœur, vint me chercher à l'aérodrome de Magenta pour m'amener chez elle. Le lendemain, avant le lever du jour, elle me réveilla : « Le café est près. Il faut surprendre le jour. » Nous devions nous rendre à Tindu. Là-bas, dans la mangrove, tout au bout de l'alignement des nakamals, il y avait un endroit dont les gens se servaient comme d'un dépotoir et de toilettes en plein air. Il fallait passer ce cloaque pour tomber sur un taudis où un vieux des « Nouvelles-Hébrides »[15] avait élu domicile. Un lieu peu fréquentable, et pourtant très fréquenté.

____

15 *Nouvelles-Hébrides* : ancien nom du Vanuatu, datant de

Nous étions parties tôt, mais Justine craignait que nous ne soyons pas les premières. Elle avait raison. Quand le taxi se gara devant le dernier nakamal, deux hommes se disputaient. L'un criant à l'autre que sa façade n'était pas un parking pour automobiles et que s'il voulait consulter son voyant il n'avait qu'à aller se garer ailleurs.

Nous passâmes le dépotoir pestilentiel et infesté de moustiques pour emprunter un chemin glissant qui zigzaguait jusqu'à la cabane de celui que les gens du pays nommaient « le guérisseur ». Il faisait encore très sombre, mais Justine avait tout prévu : elle me tendit une torche pour éclairer mes pieds sur l'étroit sentier.

Trois personnes patientaient déjà dans l'air humide et glacé qui baignait la petite cour du devin. Éparpillés sur des petits bancs, nos prédécesseurs se recroque-villaient sous leurs manteaux, autant pour se protéger du froid que pour envelopper leurs douleurs. Justine m'avait expliqué que ceux qui venaient là souffraient tous de la même pathologie. Ils avaient été embou-canés[16] par des gens de leur propre famille, jaloux d'eux.

J'avais froid dans tout le corps quand vint enfin notre tour. Nous entrâmes sous la cabane en tôle. Justine me présenta au guérisseur qui affirma qu'il m'atten-dait avec impatience, car il savait que j'allais venir. Ce matin, la chance était de notre côté, dit-il. Pendant la

---

1980. Cette référence révèle à quel point l'homme est âgé.

16 *Emboucanées* : ensorcelées. Le « boucan » est un maléfice.

nuit, il avait livré bataille et il était sorti vainqueur de son combat contre les esprits du Mal. Pour cela, je lui devais sept mille francs pour la consultation, et trois mille francs pour la décoction qu'il avait préparée.

Tout cela ressemblait à du baratin et j'avais envie de protester, mais je ne voulais pas offenser Justine qui m'avait conduite jusque-là et je restais silencieuse. Le sorcier disparut. « Quand tu vas entendre ce qu'il va te dire, ça va te surprendre », me souffla Justine en me glissant un billet de dix mille francs dans la main. Des incantations et des bruits de casseroles et de vaisselle fusaient de la cabane attenante. Le devin déboula soudain en poussant un « ouf » de soulagement et, tout sourire dehors, il nous annonça en remuant la tête de gauche à droite que j'avais été emboucanée par un membre de ma propre famille. Je ne devais plus porter la robe que j'avais sur moi. Quelqu'un avait jeté un mauvais sort dessus.

Je protestai. La personne qu'il accusait et qui m'avait acheté cette robe était Ngönale, mon défunt époux. « Ce n'est pas votre mari, comprenez que c'est quelqu'un de votre entourage immédiat. Madame, je ne suis là que pour vous faire du bien et vous rendre visible ce qui ne l'était pas. »

Mon esprit alla aussitôt vers Sylviane et je fis très vite le lien avec le comportement de Gérard lorsqu'il était venu à la maison pour me proposer de partir à Nouméa. Il n'avait pas salué Sylviane. Il s'était même levé de table pour faire semblant d'aller chercher quelque chose qu'il n'avait pas ramené de sa camionnette. C'était donc elle, la responsable du malheur qui m'avait frappé. Après Ngönale et les enfants, Sylviane était la personne la plus proche de moi. Elle était celle sur qui je pouvais m'appuyer depuis le départ de Ngönale. « Maintenant, il faudra que tu te méfies de Sylviane », insista Justine. Je remuai la tête en fronçant les sourcils pour marquer mon étonnement, ma forte déception, mais peut-être aussi pour tenter de me convaincre moi-même. Comment était-ce possible ? Sylviane que je considérais désormais comme « mon prochain » comme Ngönale l'avait été de son vivant…

À mon arrivée à l'aérodrome de Wanaham, Lifou, Sylviane m'y attendait. Je lui avais demandé de venir me chercher, mais je m'étais bien gardée de le dire à mon frère et à Justine. Ça les aurait rendus furieux, mais je ne me sentais pas capable de faire autrement. Je me sentais si seule !

Sur la route du retour, alors que nous passions devant les quais de Wé, j'avouais à Sylviane la raison de mon déplacement sur Nouméa. Je lui répétais ce que le voyant avait dit. Elle ne fit aucun commentaire. Elle attendait sûrement que j'aille jusqu'au bout de mon récit et que je lui raconte la réaction de mon frère et de son épouse. Elle connaissait leurs sentiments à son égard. Elle s'était habituée à l'hypocrisie du couple, un comportement qui n'était pas rare au sein des familles.

Sylviane savait très bien ce qui se disait un peu partout au sujet de l'accident de Ngönale. Tout le monde la tenait pour responsable de mes malheurs. Le devin lui-même avait parlé en ce sens. Pourtant, Sylviane souriait. Elle pensait que les gens qui vont voir un guérisseur tentent seulement de trouver une explication à l'inexplicable.

« Tu sais, Zanako, je crois qu'il y a des choses que personne ne peut expliquer. On attribue des pouvoirs à ceux que l'on nomme "sorciers[17]", mais, en vérité, je ne crois pas qu'ils en savent beaucoup plus que nous. Même les détenteurs de feuilles à sortilège ne savent pas exactement ce qu'ils font. C'est triste, ce qui se passe, parce qu'on accuse le plus souvent les personnes qui nous sont proches, comme si c'était à elles de supporter nos bassesses et nos misères. » Puis Sylviane se tut.

Elle conduisait en tapotant le volant. Son silence me permit de me rendre compte que toute sa famille était rentrée dans une sorte de religion pour ne pas assumer leur part dans le travail coutumier de la tribu. Mon prochain dans ce bas monde, après Ngönale, vivait seul. C'était elle, pourtant, qui donnait vie à la grande maison des coutumes. C'était elle qui animait la grande chefferie, qui assistait le petit chef de la tribu et Eika pour les œuvres de l'église… La liste était longue. Pour toute sa famille, le mot de passe était « Sylviane ». Et les miens osaient la traiter de jeteuse de mauvais sort !

Je me tus pendant que Sylviane glorifiait la vie. Elle sifflotait une berceuse qui nous accompagna jusqu'à ce que je descende de la voiture, devant ma maison, au bord du rond-point où Ngönale m'avait quittée. Dans la cacophonie des enfants qui grouillaient autour de nous,

---

17 *Sorcier* : ici, un jeteur de mauvais sort.

heureux de me retrouver après deux jours d'absence, je demandais à Sylviane ce qu'elle allait faire ensuite : « Je vais cueillir des fleurs de potr, me répondit-elle. Je dois aussi aller voir la vieille Wahnima. Il faut qu'on amène l'igname du grand-frère à la grande chefferie. »

Elle me souriait. Je me penchai vers elle et lui dis : « Si je ne devais pas m'occuper de mes enfants après cette absence, je serais bien venue avec toi. » « Une prochaine fois ! » me dit-elle sans cesser de sourire. Puis elle démarra et elle disparut dans la poussière, comme Ngönale l'avait fait la dernière fois que je l'avais vu.

Je restai seule au milieu de mes enfants qui tournoyaient en criant et en chantant. Un sentiment heureux me tomba dessus. J'oubliai soudain que Ngönale nous avait quittés une semaine plus tôt. La tête me tournait, comme si elle cherchait une nouvelle place. Je titubais. Une solide résolution s'imprima dans mon esprit, au bon milieu de cette bruyante ronde enfantine. Ce fut comme une explosion ! Comme une renaissance ! « En vérité, la Vie ne vient que par devant. Je vais revivre et je prendrai appui sur Sylviane… mon second samaritain, ma samaritaine ! » me dis-je.

Le soir, je lui proposai de venir manger à la maison. Elle était déjà invitée ailleurs, mais elle me dit qu'elle repasserait le lendemain. La nuit fut très courte. J'étais impatiente. Quand elle arriva vers dix heures, je l'invitai à jeter un coup d'œil à notre champ d'ignames. Elle ne s'étonna pas de la présence des deux coutelas sur la table de la cuisine. « Un pour moi, un pour toi. Je te laisse prendre le couteau de Ngönale », lui dis-je en pointant de l'index le sabre bien affûté.

Lorsque nous revînmes du champ, Sylviane et moi portions chacune une couronne de potr. Les enceintes de la voiture étaient poussées à fond. Le coffre était plein de papayes, de maïs sec, de choux kanak et d'autres légumes dont nous avions aussi rempli la banquette arrière. En route pour l'école, mes petits vinrent à notre rencontre. Ils avaient déjà mangé le repas que je leur avais laissé dans le four. Ils attendaient à présent le passage du bus. Ils crièrent nos noms. Leur insouciance me bouleversa. Ils respiraient la joie et la liberté.

Une part de moi aspirait à la même fougue, au même besoin de célébrer l'existence. Une part qui s'agitait, qui poussait sur mes entrailles. C'était la vie, comme si j'avais attendu un enfant. J'avais l'impression d'être devenue quelqu'un d'autre. En descendant de la voiture, je dis à Sylviane que je voulais repartir de zéro et que je comptais beaucoup sur elle. C'était sur ses ailes que je voulais m'envoler. Elle mit un peu de temps à me répondre, se contentant de me regarder en souriant. Puis elle m'assura de son soutien d'une voix chaleureuse. Elle éteignit la musique, descendit à son tour de la voiture et me fixa droit dans les yeux, d'un air grave. « Puisque tu attends quelque chose de moi, je vais te le donner tout de suite. Un conseil. Respecte le deuil de Ngönale. Ne sors pas de la maison. C'est tout. Laisse couler le temps. Et dans un an, tu verras ! »

Elle m'aida ensuite à décharger tout ce que nous avions ramené des champs et nous nous préparâmes à manger. Puis elle prit congé. Ses visites s'espacèrent au cours des mois suivants, mais je la sentais à mes côtés par l'esprit et par le cœur. Nous nous parlions souvent au téléphone.

Un an plus tard, Sylviane joua l'entremetteuse auprès des nombreux prétendants qui m'avaient témoigné leur intérêt pendant mon deuil et qui se faisaient de plus en plus insistants. Sylviane me conseilla d'écouter mon cœur qui s'était mis à battre plus fort. Je lui demandais tout de même son avis avant de répondre par « oui » à celui que j'avais choisi. J'annonçais ma décision à mes enfants et à la famille de Ngönale. Ils ne firent pas de commentaires sur mon choix, mais je savais qu'ils avaient apprécié mon long respect du deuil.

Je me sentais vraiment revivre. J'étais heureuse. Étais-je amoureuse ? Je l'ignorais encore. Mais tout mon entourage constatait le changement qui s'était opéré en moi. J'allais convoler.

Mais ça, c'est une autre histoire !

L a longue file de voitures qui accompagnait Numase fit halte à l'entrée de la tribu pour y déverser ses occupants. Dans la fébrilité de l'instant, un vent léger fit glisser un son de cloche jusqu'à eux. Le tintement du glas.

Ils s'entre-regardèrent, étonnés. Quelle surprise, un jour de mariage ! Numase ferma les yeux. Les paroles de son père lui revinrent à l'esprit : « Va, Numase, va, ma fille, et accomplis ton choix. Quoi qu'il arrive, Papa sera à tes côtés. Laisse éclater la vie que je t'ai donnée. Elle arrive toujours par devant. » La gorge de Numase se serra fortement. « Ce glas ne sonne pas pour Papa, pensa-t-elle. Il ne partira pas avant que les cloches du mariage aient sonné pour moi chez Lotuma. »

Une voiture arriva depuis la tribu pour leur demander de retarder leur entrée de quelques heures. Le glas sonnait pour la grand-mère Sineisola que l'on s'apprêtait à enterrer. Mais Lueijine, le responsable du clan de la mariée, toujours juste et prompt dans les circonstances difficiles, répondit au messager qu'il était là, à

Hunöj, avec Numase, et que le deuil du clan était le travail de tous ceux qui en étaient issus. Puis, rejoignant les autres hommes du cortège nuptial, il dit : « La tribu ne pourra pas offrir l'accueil qu'elle avait préparé, car elle doit enterrer un des siens. Le Très-Haut en a décidé ainsi. Remontez dans les voitures et avançons ; la procession nous mènera au cimetière. C'est ainsi que nous rencontrerons la nouvelle famille de Numase. Les garçons, vous attendrez ici avec vos boissons. Vous direz à ceux qui vont arriver pourquoi nous sommes partis avant. »

Les voitures des nouveaux arrivants suivirent la voiture de la famille du garçon en direction du cimetière. Et pour une heure, le cortège devint funéraire. Devant le temple, le diacre se détacha de la procession et se rendit sous le clocher afin de parlementer avec l'autre diacre, carillonneur de la tribu. Ils se concertèrent puis firent route ensemble vers le cimetière.

Quand la défunte fut en terre, le groupe fit mouvement afin d'accomplir l'autre travail, celui que les familles s'étaient préparées et engagées à réaliser ce jour-là : le mariage.

Il y avait plus de monde que prévu à la maison commune. La maman du marié alla voir la famille endeuillée pour les inviter à se servir dans les marmites réservées aux invités du mariage. Mais Lueijine entendit la demande et s'y opposa. « Je vous comprends, dit-il à la maman, mais le mariage de nos enfants, c'est demain. Aujourd'hui, c'est le deuil à Hunöj, notre tribu à tous. » Puis il dit à ceux du clan qui étaient venus accompagner Numase : « Nous sommes accueillis chez eux par la mort d'un des leurs. Je demande à tous de mesurer nos faits et gestes à la tribu, mais surtout à la maison commune. Oleti[18]. » Il demanda ensuite aux mamans d'entonner un chant avant de s'asseoir et de présenter le geste coutumier qui devait précéder le repas et qui permettrait de passer à l'autre travail. La famille de la fille entra.

Comme toujours en pareille circonstance, l'homme qui les recevait était le petit chef. Il ouvrit son cœur et le cœur de la tribu en s'étonnant du geste d'entrée. « Il n'y a plus qu'une seule famille ce soir à Hunöj. Nous, avec vous, les invités, et ceux qui sont là pour le deuil de notre grand-mère Sineisola. Nous ne représentons plus qu'une seule famille, la famille des êtres vivants. Avant de venir à la maison commune pour amener Numase, vous nous avez rejoints au cimetière parce que nous laissions un des nôtres dans sa dernière demeure. Merci quand même, parce que vous avez présenté votre coutume pour que l'invisible voie le cœur de chacun de nous. Oleti. »

Le mariage fut ainsi placé sous le signe de recueillement. Et ce ne fut pas plus mal. Les soûlographes ne furent pas difficiles à gérer. Ils comprirent. Et le travail de mariage put enfin commencer.

Avant le discours du petit chef, la fièvre festive était restée comme une braise qui couve sous un tas de feuilles. À présent, une fumée purificatrice était en train

---

18 *Oleti* : merci (ce mot conclut presque tous les discours ainsi que beaucoup d'autres faits et gestes de la vie quotidienne).

de se former. Ce nouvel air-là chassa les relents pestilentiels qui régnaient autour de la maison commune. Les peaux de bête et les restes de marmite furent soigneusement jetés au dépotoir de Wé. Il fallait qu'Hunöj fasse peau neuve et montre qu'elle savait accueillir et recevoir dignement ses invités. Ainsi, d'autres filles de Tingeting viendraient peut-être se marier à Hunöj en suivant l'exemple de Numase.

Les jeunes s'affairaient à la cuisine. Chacun apportait sa contribution et donnait le meilleur de lui-même. Ceux qui sortaient des lycées professionnels d'apprentissage employaient les théories acquises pour la confection d'un gâteau. D'autres, moins qualifiés, trouvaient tout de même de quoi faire. Chaque classe d'âge était occupée et participait à la mesure de ses possibilités. Il fallait donner sa part, aussi minime soit-elle, à l'édification du couple. Marquer le mariage par sa présence et ses efforts.

Sous le iadradrahé[19], l'arrivée du clan de la mariée était maintenant accueillie par des chants et des danses. Tout le monde était sur son trente-et-un. Des tissus colorés de plusieurs longueurs étaient suspendus aux poteaux, des robes mission fleurissaient les arbustes piqués dans la cour pour former une allée depuis la route principale jusqu'à l'entrée de la baraque à paroles. Près de la route, deux grands arbres délimitaient l'entrée, leurs feuillages couvraient les passants tel un arc.

---

19   *Iadradrahe, hmelekap, ihmelekap* désigne la baraque où sont prononcés les discours (la baraque à paroles).

L'arrivée de la mariée chez le futur époux était toujours d'une grande solennité.

Ce soir-là, Numase portait plusieurs robes mission, selon l'usage. À son entrée sous la baraque de la coutume, le défilé de jeunes filles se fit jusqu'à la maman du futur époux. Les autres filles qui accompagnaient Numase dans la parade retirèrent alors les robes neuves qu'elles portaient par-dessus leurs habits. Numase en enleva une dizaine qu'elle déposa sur les autres robes, devant sa future belle-mère, afin de l'honorer. Elle établit par ce geste le premier contact entre elle et sa nouvelle maman, accomplissant un rite que beaucoup d'autres femmes avaient accompli avant elle.

Numase pleurait. Elle savait que le deuxième cordon ombilical venait de se rompre. Tingeting ne serait bientôt qu'un vague souvenir de son enfance. Lorsqu'elle retournerait à la poussière, cette poussière serait celle du tertre clanique de la famille de son mari. Durant toute la cérémonie du mariage, chaque intervenant insistait sur les liens qui se brisaient d'un côté pour se renouer ailleurs. Numase quittait une famille pour en rejoindre une autre et devait accepter cette transition jusque dans les parties les plus intimes de son être. «Même si ton mari te fait souffrir, tu ne retourneras plus chez moi. Voilà, le vrai chez-toi, il est ici, maintenant. Je t'ai gardée jusqu'à ce que ce jour arrive et aujourd'hui, je me tiens debout devant les gens de ce clan et je te confie à eux. Wauthitr, voilà Numase, considère-la comme une enfant de ta maison, autant que ceux que vous avez vous-mêmes conçus», avait déclaré son oncle, le petit frère de son père.

À travers les feuilles de cocotier tressées qui fermaient l'espace de paroles, quelques personnes de la famille de Lotuma, le futur marié, se frayaient un espace pour découvrir le visage de celle qui allait rejoindre leur clan. « Elle est belle, elle a de grands cheveux, en plus elle est jeune. C'est bien ce qu'ils ont dit, ils sont du même âge. Tout le monde dit ça. Vrai. Ça fait seulement un an qu'elle a arrêté l'école. Ce n'est pas comme Victorine, la femme à Waelë. Il paraît qu'ils ont dix ans de différence. C'est beaucoup », murmurait une femme qui avait laissé sa marmite d'ignames à la cuisine. Une autre se désolait de ce que Numase soit issue d'une famille modeste. Son père gagnait sa vie en travaillant au champ et en allant à la pêche. Selon elle, Numase allait profiter de la situation de Lotuma. « Tu vas voir qu'elle va passer son temps devant le miroir. Les filles d'aujourd'hui, c'est pas la peine. Ça ne connaît pas grand-chose au travail de la maison. Ça ne connaît pas tenir son foyer. Tu verras qu'elle va donner de la peine à sa belle-mère, Thaxan. » Puis les deux vieilles s'en retournèrent aux rails pour attiser le feu.

Numase demeurait assise sans bouger, les yeux toujours fixés sur la natte. Elle savait que son nom était sur toutes les lèvres. Elle avait déjà fait le vide en elle, comme le lui avait conseillé sa mère qui était restée auprès de son père gravement malade. Mais les questions continuaient de la presser de toutes parts. Elle avait à peine aperçu le visage de son mari. Lotuma, c'était le type qui ne parlait pas pendant la cérémonie de demande en mariage. Il était peut-être aigri par les refus des filles des autres tribus. On est tou-

   — Entre deux glas —

jours l'épouse de quelqu'un qui a été refusé par une autre ; un refus du devoir envers la vie. Cela marque la conscience tribale. En vérité, Numase ne se souvenait vraiment plus du visage de Lotuma. Ils ne s'étaient vus que deux fois, une fois devant le médecin pour la prise de sang à l'hôpital de Wé. L'autre fois, lors de la cérémonie de demande en mariage. Cette cérémonie ne devait pas être considérée comme une occasion de rencontre entre les futurs époux. Dans la coutume, les deux individus qui allaient former le couple comptaient peu. Il s'agissait avant tout d'unir des clans. Les époux n'étaient que des marionnettes au service des communautés.

Lotuma, de son côté, n'avait plus quitté la place qu'il occupait depuis que la famille avait investi la maison commune. Il gardait toujours la même posture ; la tête baissée, adossé contre un pilier de la grande bâtisse. Il ne parlait que lorsqu'il y était obligé.

L'arrivée de la famille de la fille sous le hmelekap[20] de la maison commune avait fait monter la pression d'un cran. Les deux familles cherchaient leurs marques. Surtout après l'enterrement de la grand-mère Sineisola. Une place avait été aménagée d'un côté pour accueillir tout le clan de la mariée. L'autre moitié était réservée à la famille du garçon. Tandis que chacun prenait le temps de s'installer, les mamans de la vieille génération en profitèrent pour chanter, emplissant le lieu de leurs voix haut perchées. Ceux qui n'étaient pas

---

20 *Hmelekap* : abri du genre faré ou tonnelle, conçu pour
    accueillir les paroles des échanges coutumiers.

rentrés sous la tonnelle restèrent dehors autour des victuailles. Les dons et les contre-dons se firent dans un
silence grave. Lotuma, la tête toujours basse, sentait
le poids des regards incessants qui allaient de lui à sa
future épouse. Il n'osait pas la regarder, pas plus qu'elle
n'osait lever les yeux vers lui. Ils ressemblaient à deux
adolescents écrasés par la pression du groupe, ignorant
tout de ce à quoi ils devaient pourtant se préparer.

Avant de retourner aux marmites qui cuisaient sur le
feu, Maria et Sarah décidèrent de faire un tour au petit
coin. Elles dénouèrent les tissus qui leur ceignaient la
taille pour mieux les rattacher. Puis elles défirent leurs
cheveux et les secouèrent vigoureusement de haut en
bas avant de les renouer en tignasse comme le font les
femmes pressées qui ne prennent plus grand soin de
leur image. Elles crachèrent ensuite et se mouchèrent.
Elles évitèrent les toilettes communes pour entrer rapidement dans le noir du grand manguier. C'était leur coin
de retraite dans la journée. Elles pouvaient s'y allonger
et s'y vautrer à loisir, entre femmes, pendant que les
marmites allaient au terme de la cuisson. Mais l'endroit était déjà pris par un groupe disparate qui chan-
tait et jouait de la guitare. Sarah protestait contre leur
présence, lorsqu'une voix ferme s'éleva parmi la mul-
titude pour dire que l'endroit ne leur était pas réservé.
Elles avaient occupé le manguier pendant la journée, il
fallait à présent le laisser à d'autres. Les bêtes diurnes
ne vivent pas la nuit. Tout cela fut accompagné de rires
et de chuchotis qui exprimaient la bonne humeur du
groupe. Les deux femmes se retirèrent alors vers les

toilettes du presbytère. Sarah y entra la première, mais ressortit aussitôt. Le trône était inutilisable, les enfants aux sorties d'école s'étaient amusés à jeter des saletés à l'intérieur de la cuvette. Les besoins se faisant plus pressants, Maria, qui n'était pas rentrée dans le bloc, écarta seulement ses pieds et urina debout. Suivant son exemple, Sarah s'accroupit à quelques mètres devant elle pour retirer sa serviette hygiénique et se soulager.

— J'ai ma vieille jupe, dit Maria. Au moins, j'ai pas peur de la salir.

— Tu sais, ma sœur, il ne faut pas faire le difficile pendant le travail à la commune. Une robe, un parfum. L'essentiel. Et comme dit la vieille Imano : « Une femme doit toujours avoir sur elle son couteau et son fizi[21]. »

— On est pareilles, Maria, je n'ai pas oublié le conseil de la grand-mère. En plus, quand je me suis mariée ici, ma belle-mère m'a appris tout ce que je dois faire. À vrai dire, il n'y a pas grand-chose à savoir. Des automatismes. On ne réfléchit plus. Les vieux ont tout pensé pour nous. On n'a plus qu'à appliquer les directives. Aujourd'hui, j'ai mis la serviette parce que ma case fuit[22]. D'habitude, je reste à la maison quand c'est comme ça, reprit Sarah en se lavant les mains.

Revenant à la cuisine, elles virent que les gens avaient déjà quitté la baraque à paroles et allaient

---

21   *Fizi* : coquille de moule dont les femmes se servent pour éplucher les tubercules d'igname et de patate douce.

22   « *Ma case fuie* » signifie en drehu ancien « j'ai mes règles ».

passer à table pour dîner. La voix de Kötren, le responsable de la cuisine, s'éleva avec force : « Vingt-quatre de chaque. » Les deux femmes connaissaient la consigne. Chaque assiette devait contenir une recette de leur cuisine. Pendant que les Tingeting et les gens de la famille endeuillée s'installaient à table, la famille du garçon fit mouvement vers la cuisine, les mamans d'un côté et les garçons de l'autre. Les filles, les adolescentes des collèges et des lycées, se perchèrent sur les troncs de cocotiers amenés expressément là pour servir de sièges.

Les écouteurs accrochés aux oreilles, elles faisaient mine d'observer ce qui se passait en cuisine tout en testant leurs charmes et l'attrait de leurs robes, de leurs parures et de leurs parfums. Leurs beaux visages luisaient à la lueur des ampoules accrochées au-dessus de leur tête. Parées de leur jeunesse, elles ne pouvaient qu'être belles. Un défilé de mode où les garçons de la famille de Numase allaient faire leur choix. Qui sait ? Les gens de Hunöj iraient peut-être s'asseoir à une table de Tingeting l'année suivante !

Lorsque les gens de la première table se levèrent, la tante de la mariée s'empressa de demander à Lotuma où était la chambre de sa mère afin d'y déposer les affaires de Numase. Thaxan appela sa fille aînée pour les y conduire. Numase avait des effets personnels qu'elle avait apportés de chez elle, en plus des présents coutumiers et des cadeaux qui lui avaient été attribués sous la baraque à paroles. Les quatre femmes firent connaissance entre elles. Numase apprit que son futur époux était à la fois timide et très gentil. C'était en tout cas l'avis de sa maman qui parla en premier. Mais Waseli, la sœur aînée, revenait toujours sur les dires de sa mère pour les contrecarrer. Elle conseilla à sa future belle-sœur d'être prudente et sévère avec son époux. Numase apprit que Lotuma était le dernier-né et l'unique garçon de la famille. Face aux femmes qui l'entouraient, le pauvre ne faisait pas le poids. Il était né bien après Waseli dont les premiers enfants étaient plus âgés que lui. Elle ironisait sur ce point : « Les deux vieux ont un peu forcé. »

En observant la curieuse relation qui unissait Waseli et sa mère, Numase eut l'impression qu'elles se comportaient entre elles comme deux amies plutôt que comme des parentes. Au premier abord, on aurait même pu prendre Waseli pour la maman. Elle parlait à sa mère comme à son enfant. Elle disait à Numase que ses parents avaient voulu lui imposer un mariage dans la coutume, mais qu'elle avait refusé catégoriquement. Elle disait que cela faisait partie d'une histoire qui devait finir dans les oubliettes et qu'il ne fallait plus revenir à des pratiques de ce genre. Elle parlait ouvertement et témoignait d'une sincérité parfaite, insufflant dans chacune de ses paroles la vie puissante qui l'animait. Waseli était une femme libre, très libre, même, à en croire sa tenue et son parfum. Un parfum distingué qui n'était pas celui de l'eau de Cologne ou du monoï.

De son côté, la tante de Numase restait très silencieuse. Elle écoutait, surprise d'une telle relation entre une maman et sa fille. Waseli prenait sans cesse les devants pour dire à Numase où ranger ses affaires dans sa chambre, qu'elle attendrait dans la voiture parce qu'il y avait d'autres usages à assurer pendant la nuit. «Ah bon ! Mais ce n'était pas dans la chambre des deux vieux qu'on devait amener les affaires ?» demanda Wazana. «Tantine, c'est chez moi qu'elle va se reposer, et c'est avec moi qu'elle va veiller. Nous amènerons le thé dans la nuit, disons entre onze heures et minuit. Numase se reposera tout de suite après si elle veut, mais vers quatre heures, va commencer sa toilette. C'est surtout la coiffure qui va prendre du temps. J'ai fait venir Myriam de Nouméa, spécialement pour demain. Pour la toilette, c'est à M. Rogeriane que j'ai passé commande. Vers six heures trente, les oncles de Kejëny amèneront le petit déjeuner américain. Les mariés seront présentés aux deux familles sous le ihmelekap vers sept heures. Le mariage à l'état civil est prévu pour huit heures. Après l'état civil, il y aura un détour vers la grande chefferie du district avant de revenir ici pour le mariage à l'église. Le repas à la maison commune est prévu entre onze heures trente et midi. Enfin..., c'est ce qu'on espère... L'heure kanak, c'est une autre paire de manches.» Waseli parlait avec autorité et assurance. Les mamans et Numase se taisaient, fascinées et conscientes d'observer la partie invisible de l'iceberg coutumier. Une partie que les femmes étaient seules à gérer, pour le bien de tous.

À la maison commune, la dernière table se levait. La cuisine était déjà rangée, hormis quelques théières d'eau chaude que la famille de Lotuma, accompagnée des deux mariés, devait amener à la famille de Numase. Les dames avaient pris leur temps, chez

Waseli. Cette dernière avait étalé le contenu de ses coffrets à bijoux tout en offrant des petits fours accompagnés de thé chaud et de tisane. Elle avait ouvert sa garde-robe à sa belle-sœur et lui avait même offert un foulard, une paire de boucles d'oreilles et un parfum de grande classe. Elle s'était bien préparée pour accueillir la nouvelle venue dans sa famille.

Au petit matin, les autres sœurs de Lotuma vinrent participer à la toilette de Numase. Ce jour devait être son plus beau jour et il fallait tout faire pour cela. Lorsque ce fut terminé, on ne reconnaissait plus la jeune fille de la veille, celle qui était arrivée d'une tribu perdue au bout de l'île. Les plaisanteries entre belles-sœurs ne tarissaient pas. On pouvait entendre leur babillage à plusieurs maisons à la ronde. Elles avaient choisi de s'installer chez Zinuë pour la circonstance, une maison à l'écart. Des jurons fusaient parfois de la maisonnée, faisant se retourner les passants de la grande route. La bouteille de rhum gardée par Hnathip circulait de main en main.

Les femmes qui n'avaient pas dormi de la nuit s'abandonnaient dans le canapé du salon. La fatigue et l'alcool faisant le ménage. Elles resteraient étalées là, à l'abri des regards, tout le temps de la cérémonie du mariage. Des oiseaux qui n'avaient pas encore pris leur envol feraient la navette entre le lieu des festivités et chez Zikus[23] pour prendre des nouvelles des femmes enivrées. Des ententes secrètes s'étaient for-

---

23 *Zinuë* et *Zikus* désignent la même personne.

gées parmi les femmes. Certaines avaient mûri des plans de très longue date, et ce n'était pas le deuil de la vieille Sineisola qui les empêcherait de les mettre à exécution. Le combat du Bien contre le Mal se poursuivait pendant cette célébration de mariage. Les autres couples livreraient le leur le lendemain du mariage. L'épouse serait la victime, comme toujours. Elle aurait fait la fête, elle aurait bu. Et les femmes ne devaient pas boire comme les hommes, par respect pour les maris, mais aussi pour les clans. Les grands-mères ne leur répéteraient jamais assez. « On a honte de vous, c'est quoi, cette génération qui colle son mari tout le temps comme une chienne ? La femme, elle doit rester au foyer et garder les enfants. Les hommes, c'est comme ça, ils boivent, mais une fois qu'ils ont fini de boire ils retournent à la maison pour voir leur femme et les enfants. » Le genre de discours que la nouvelle génération avait fini par appeler le « discours tralala » !

À la maison commune, les deux jeunes mariés étaient présentés à la tribu sous le hmelekap. Un vieux s'était levé pour remercier les dirigeants de la considération. « Le mariage des Blancs, c'est là-bas, à la mairie. Vous n'y êtes pas allés directement parce que vous nous avez vus ici, dans le hmelekap de Lotuma. Je vous remercie de la considération que vous nous accordez. Je souhaite longue vie à Lotuma et à Numase. Les hommes ont des yeux pour voir et un cœur pour émouvoir et s'émouvoir. Marchez, comme vous le faites. Que l'esprit de notre coutume accompagne Lotuma et son épouse tout le temps qu'ils vivront. Que Dieu vous bénisse. »

Les mamans avaient quitté la cuisine pour se joindre au groupe qui allait accompagner les mariés à la mairie. Elles chantaient des taperas[24] en frappant vivement des mains. Deux d'entre elles, la tête un peu penchée, se faisaient remarquer par leur voix aiguë qui transportait le chant jusqu'au ciel.

Des véhicules se garèrent dans la cour de l'église, dirigés par les grands gestes de Kezö, le responsable du mariage. La chorale commença alors à s'éparpiller, chacun se détachant du groupe pour gagner les camionnettes et les minibus. Les deux mariés et leurs témoins montèrent dans une petite voiture neuve, la dernière arrivée à la tribu, que l'on avait parée pour l'occasion. Des dentelles pendaient de l'avant vers l'arrière. Lavée et cirée, c'était comme si la voiture ressortait pour une seconde fois de chez le concessionnaire. Le groupe de jeunes lycéens avait bien assuré sa tâche. Ils avaient été nommés par Kezö parce qu'ils étaient supposés savoir lire les notices des emballages dans les différentes langues qu'ils étaient les seuls à connaître. À présent, le deuil de la grand-mère avait disparu des conversations.

Les gens de Hunöj se marient légalement à Mou, dans la tribu voisine. C'est là-bas que se trouve l'administration du district : l'hôpital, la poste et, bien sûr, la mairie. Hunöj relève aussi de la chefferie de Lösi, et c'est à Mou que réside le grand chef, le grand Henri Boula.

---

24   *Taperas* (tempérance) : chants religieux.

Après la cérémonie du mariage devant le maire, les deux familles avancèrent en une longue procession qui s'engouffra en chantant dans l'enceinte de la chefferie. Devant la grande case, sous le regard grave des chambranles, le responsable demanda alors à la procession d'attendre. Ceux qui voulaient entendre les vœux du Grand Chef en personne, et ceux, surtout, qui désiraient visiter la grande case, entrèrent. On montra le geste[25] au Grand Chef. En retour, il donna sa coutume et sa bénédiction, souhaitant longue vie et beaucoup de bonheur aux mariés.

Le groupe s'en retourna enfin vers la tribu. À mi-chemin, il s'arrêta devant chez Thawë, une personne du clan que l'on souhaitait saluer. Thawë s'était occupé d'une autre cérémonie à la tribu de Mou et n'avait pas pu accompagner le mariage.

Tous les véhicules furent priés de rester sur le bord de la route et seule la voiture couverte de dentelles entra dans la cour pour s'arrêter devant la case. Pendant que les deux mariés en sortaient, le reste du groupe fit son entrée dans la cour en chantant. Les témoins rejoignirent les mariés tandis que le maître de la maison, son épouse et quelques personnes de leur clan se postaient solennellement devant l'entrée de la case. Kezö présenta une coutume à Thawë. « Merci de vous arrêter à la maison, dit Thawë, votre maison sur cette route qui va à la grande chefferie de Mou, la grande chefferie à nous tous. Vous avez pris la peine de vous arrêter pour que je vous dise aussi mes paroles

---

25   *Le geste* : l'offrande coutumière.

de bénédiction. Vous savez, si vous étiez partis directement à la tribu, je vous aurais dit à notre prochaine rencontre que vous aviez pris un hélicoptère pour aller à Hunöj sans vous arrêter ici à la maison. L'Invisible d'ici vous voit et voit les cœurs de chacun de nous. Je vous dis merci. Maintenant, voici le geste de la maison pour accompagner ces paroles : le thé et quelques boissons sont sous le préau là-bas. Mais je sais que vous n'avez pas le temps. Prenez-en ; mangez et buvez sur la route. Les responsables là-haut vous attendent. Oleti. » Kezö remercia Thawë et présenta le geste à toutes les familles en les invitant à prendre rapidement une boisson fraîche avant de regagner les voitures pendant que le maître de la maison félicitait les mariés et leur offrait des cadeaux qu'il avait préparés dans ce but. Après cet échange mené tambour battant, chacun regagna son véhicule et la procession reprit son chemin.

À l'intersection suivante, le premier véhicule prit la direction de Xodre – le bout du monde – et tous les autres véhicules s'engagèrent à sa suite, entraînant avec eux la voiture des mariés. À l'arrière du cortège, Kezö fulmina et se mit à klaxonner avec fureur. Il klaxonnait avec tant d'insistance que plusieurs véhicules finirent par s'arrêter. Kezö s'apprêtait à sortir de sa voiture pour protester contre ce détour imprévu, mais il se ravisa brusquement et fit signe aux autres conducteurs de reprendre la route. Le vieux assis à ses côtés était parvenu à le calmer en lui expliquant que le jour du mariage était aussi un jour d'émotions et qu'il fallait laisser le cœur s'exprimer. L'émotion n'a pas d'âge. La jeune génération avait envie de célébrer le mariage à sa façon. Kezö redémarra et reprit sa place dans le cortège. Il marmonna seulement quelque chose à propos de l'horaire et du retard qu'ils risquaient de prendre. Il y avait encore une messe et une cérémonie sous la baraque à paroles qui étaient prévues avant le repas. Il finit toutefois pas sourire et par compatir au souhait des jeunes. Le bout du monde, c'était uniquement pour la photo. De quoi immortaliser l'instant. Les falaises de Xodre étaient magiques et chargées de symboles. Elles portaient l'incompréhensible en leur sein. Un jour, des jeunes de la tribu des hauts plateaux avaient sauté du haut des rochers jusque dans la mer. L'un en était mort. Un autre avait été repêché et rendu miraculeusement à la vie. Cette histoire témoignait des instants fragiles où tout pouvait toujours basculer. Elle illustrait les conjugaisons de circonstances qui donnaient son sens à l'éphémère.

Les mariés prirent place tandis que l'un des témoins les mitraillait de photos. Ils se tenaient debout sur les roches noires sculptées par le vent, au bout du monde, là où la route s'évapore et ne peut se poursuivre que dans le rêve, pourvu que le cœur continue à battre. Après la séance, le cortège reprit sa route vers le temple afin d'y sceller l'alliance.

La cérémonie fut exemplaire, pleine d'émotions pures, de chants de l'esprit et de chants du cœur. Il n'était pas encore onze heures lorsque le cortège s'installa enfin sous la baraque à paroles pour présenter les époux aux différents clans de la tribu, mais aussi à toutes les personnes des autres clans qui étaient venues là afin de témoigner, par leur présence, des nombreuses alliances qui unissaient tous les clans de l'île.

Après la remise des cadeaux, tous les invités accompagnèrent les mariés à table et l'esprit festif s'installa pour de bon. Les derniers discours furent prononcés, puis l'on se mit à danser. Le disc-jockey interrompit le deuxième morceau alors que l'ambiance était à son comble. Les rires retombèrent dans un silence pesant tandis que l'oncle de Numase s'avançait vers le couple. Il se pencha vers l'oreille de la mariée pour lui annoncer que son papa venait de partir.

Numase fondit en larmes et tomba de tout son poids dans les bras de son oncle. Le marié s'approcha et l'oncle lui transmit la nouvelle et le corps de son épouse qu'il serra une dernière fois. Waitrony se saisit du microphone et annonça la triste nouvelle à l'assemblée. Il se tourna ensuite vers les époux et s'adressa à Numase. « Tu ne danses plus pour toi, ma fille. Maintenant, danse pour Papa et moi. » Et la musique reprit. Lorsque les dernières notes du morceau s'évanouirent, des applaudissements nourris emplirent la maison commune.

Le gâteau fut servi dans un silence de mort. À la fin du repas, la famille de Numase se retira chez ceux qui l'accueillaient pour la nuit, afin d'y attendre la dot qu'on devait leur remettre. Mais la délégation chargée de leur remettre cette dernière coutume ne se limita pas à quelques personnes, comme c'est habituellement le cas. Ce fut la tribu tout entière, accompagnée des clans alliés, qui débarqua pour la cérémonie. Les familles présentes pour le deuil de la vieille Sineisola étaient aussi là.

Ému, Waitrony se leva et remercia l'assemblée pour le geste reçu. Puis il s'excusa en annonçant que la famille de la mariée ne retournerait pas à la maison commune pour la fin de la soirée. Ils allaient rentrer à la tribu pour y accomplir le travail de deuil qui les attendait. Tout le monde comprit l'incompréhensible. Ils se dirent seulement au revoir, chargèrent les voitures des victuailles et attendirent. Une autre décision inhabituelle venait en effet d'être prise. La famille du garçon ne retourna pas non plus à la maison commune. Elle s'embarqua dans toutes les voitures des familles de Tingeting et, comme cela ne suffit pas, on répartit les personnes restantes dans les voitures des autres invités, quelles que soient leurs origines…

Numase avait été accueillie dans la tribu de son mari par le deuil de la grand-mère. À présent, quelques heures à peine après son mariage, Lotuma devait quitter Hunöj pour accomplir son premier geste coutumier d'homme accompli : le deuil de son beau-père. Ainsi en avait décidé le glas en sonnant d'une tribu à l'autre…

Quand Atrexetë[26] ouvrit ses yeux ce jour-là, elle ne vit pas son mari qui s'était levé tôt. Épuisée par une longue nuit entrecoupée de sorties nocturnes, elle mit du temps à se traîner jusqu'à la base du poteau central. C'est là que son mari entreposait le thermos d'eau chaude. Elle prit son thé accompagné de biscuits qu'elle sortit de la barrique du garde-manger.

De l'autre côté du foyer central, Boula, le vieux du clan, continuait de limer son couteau. Il s'apprêtait à quitter la maison pour aller déplacer son cheval et défricher son champ d'ignames. Le bruit de la lime sur la lame du couteau donnait la nausée à Atrexetë. Son bébé arrivait déjà à son terme. Bien qu'elle soit encore jeune, elle allait offrir un enfant au clan de la famille de son mari pour la quatrième fois. Le vieux, lui, ne semblait pas prêter la moindre attention aux souffrances qu'elle éprouvait. Ses yeux étaient fixés sur les mouvements de

---

26 *Atrexetë* : en langue drehu, Atrexetë est un prénom, mais c'est aussi un surnom donné aux mamans.

son couteau. De temps à autre, il regarder le feu et crachait dans la cendre. Puis il reprenait son travail.

Le vieux était toujours entouré de chiens, et leur présence témoignait de ses activités quotidiennes. Car il ne se contentait pas de planter et de défricher son champ d'ignames ; c'était aussi le meilleur chasseur de la tribu. Quand on venait le voir pour se plaindre des dégâts que provoquaient souvent les cochons sauvages, le vieux Boula se faisait un point d'honneur d'abattre le cochon le jour même. C'est qu'il possédait la meilleure meute de chiens de chasse de la tribu. La vie du vieil homme était rythmée par les soins qu'il donnait à ses bêtes. Sa proximité avec les animaux faisait de la case une pouponnière. Vers la fenêtre, on pouvait entendre des chiots geindre. Une portée de quelques jours.

Pour Atrexetë aussi, le jour était venu. Et elle n'avait personne sur qui s'appuyer pour l'aider à accoucher. À la tribu, la maternité est exclusivement une affaire de femmes, pas même de famille. L'homme ne touche pas le nouveau-né. Il l'observe de loin et cherche à reconnaître ses traits dans ceux de sa progéniture. Il était impensable qu'Atrexetë demandât l'assistance du vieil homme. Chacun dans la case vivait dans son monde.

Atrexetë, tenaillée par les douleurs de l'enfantement, prit la veste militaire que son mari avait fixée sur la première panne circulaire et sortit. Dans la case, le vieil homme interrompit son geste pour suivre sa belle-sœur du regard. Il ne dit pas un mot. Les chiens ne dressèrent même pas les oreilles au bruit de la charnière de porte qui grinçait. Leurs attitudes étaient strictement alignées sur les mouvements du vieux Boula.

La chienne Zizoué, enroulée à côté du vieil homme, ne dérangea pas les petits qui la tétaient. Les autres chiens de la meute restaient au-dehors, tout près du seuil de la case. Une case bien gardée, si bien gardée qu'elle s'en trouvait isolée, car, hormis les gens de la maison et du clan, personne n'osait venir perturber la vie de Refuge. « Refuge », c'était le nom que le vieux Boula lui-même avait donné à la maison. Une fois rentré chez lui, on n'en sortait plus, et les mouvements des invités étaient très limités. Par le passé, Boula le vieux avait parfois dû s'expliquer avec le Conseil des Anciens au sujet des enfants attaqués et mordus sur la route principale, ainsi qu'au sujet des gens non accompagnés qui arrivaient à Refuge et avaient le plus grand mal à en repartir.

Les chiens se mirent soudain à aboyer, faisant sursauter le vieux Boula. Il se leva et partit sur la route pour rejoindre Temara qui l'avait appelé.

— Oncle, où est tante Atrexetë ?

— Je ne sais pas, répondit-il, étonné. Elle est dans la case, je suppose.

— C'était juste pour lui apporter ces quelques feuilles de brède et ces tubercules.

Ils revinrent ensemble vers la case, entourés des chiens qui jouaient et jappaient autour de leur maître. À quelques pas du seuil, Temara héla sa tante afin de prendre de ses nouvelles, mais aucun bruit ne fit écho à sa voix. Elle réitéra son appel, jusqu'à s'inquiéter du silence.

— Mais, oncle Boula, es-tu sûr que tante Atrexetë est dans la case ?

— Je vais voir.

— Non, laisse-moi y aller. Apporte ces ignames et ces feuilles là-bas, à la cuisine. Dis à Dolly de les cuisiner pour onze heures. Arrose la marmite de beaucoup de jus de coco.

Voyant la case vide, Temara fut soudain très inquiète. Elle grommela des reproches à l'égard de son oncle. Des reproches qui frisaient la malédiction. « Mais quelle idée de laisser tante Atrexetë toute seule avec ce vieux fou ! Pour lui, à part ses chiens et ses ignames, le monde n'existe pas ! » Elle sortit et appela la jeune Yaella qui battait son linge sur le lavoir, à côté de la citerne.

— Ma fille, as-tu vu tantine Atrexetë sortir de la case ?

— Elle est peut-être partie avec grand-père Willy à Wé ? Ils ont dû prendre le bus très tôt ce matin...

Mais la voix du vieux Boula fit contrepoids.

— Non, elle était dans la case, il y a quelques instants.

Le vieux Boula avait son temps bien à lui. Les gens de la tribu le connaissaient et ne s'étonnaient plus de ses manières. Le voilà qui prenait son sac, deux chiens le précédant, tandis que le reste de la meute avait déjà traversé la route principale en direction d'Ifij, conformément à l'emploi du temps du vieil homme. Là-bas, le vieux cultivait ses ignames et élevait son bétail.

Laissée seule, guidée par son instinct maternel, Temara s'engagea dans un petit sentier qui s'enfonçait dans le champ de caféiers depuis la petite porte de la case, du côté où dormaient la chienne et sa portée. Au milieu des caféiers ombragés par les colonnes de grands peupliers, elle lança un premier appel. Seuls le vol des moustiques et le chant des oiseaux lui firent écho dans la pénombre. Elle s'immobilisa contre le tronc d'un bois noir qui barrait le chemin et pria, comme elle le faisait toujours pour chercher du réconfort[27].

Temara n'avait pas encore eu le temps d'invoquer Jésus-Christ que les cris d'un nouveau-né lui firent ouvrir les yeux. Elle se retourna et découvrit Atrexetë, à quelques pas à peine derrière elle, à demi inconsciente. Ses cheveux recouvraient un coco sec sur lequel elle avait posé sa tête. Elle était allongée de tout son corps sur la veste de son mari. Un bébé gigotait entre ses cuisses béantes, un nouveau-né dont les cris se mêlaient au concert joyeux de la nature, au vent dans les feuillages et aux chants d'oiseaux qui célébraient sa naissance. Le corps d'Atrexetë était agité de spasmes, comme si elle tentait à présent d'éloigner la souffrance qui avait agité ses entrailles. Temara se mit à pleurer. Elle en voulut à sa tante de ne pas être restée dans la case pour donner naissance au cousin qu'elle portait à présent dans ses bras. Elle en voulut aussi aux autres femmes de la maison qui avaient abandonné sa tante à son sort difficile. Il ne lui vint pas à l'esprit de reprocher quoi que ce soit aux oncles qui avaient pourtant démissionné face à l'événement sacré qui venait d'avoir lieu : une nouvelle vie dans la tribu.

---

27   Le culte protestant est très répandu sur l'île de Lifou, comme sur les autres îles entourant la Grande-Terre de Nouvelle-Calédonie.

Quand Atrexetë revint à elle, elle était allongée dans la case. À Refuge, il n'y avait plus de chiens. À la place de la chienne qui allaitait ses petits, c'était désormais Atrexetë et son bébé qui reposaient. Vers la fenêtre, la petite porte, la porte des femmes, était allumé un deuxième feu. Le feu de la naissance. Les femmes de la tribu viendraient rendre visite à la maman et à son enfant à cet endroit. Là où le vieux Boula affûtait son couteau, une vieille maman avait à présent pris place. Elle s'était allongée et jetait de temps à autre un coup d'œil par-dessus son épaule en direction d'Atrexetë pour s'assurer que tout allait bien. Elle lui avait administré des feuilles, des médicaments qui l'aideraient à retrouver la forme, pour une prochaine naissance. Atrexetë se rendormit, rassurée.

Dans la cuisine au toit couvert de tôles ondulées, les jeunes de la tribu s'affairaient à cuire de la viande. Et dans la baraque des femmes, à côté des marmites exposées au feu, des plaisanteries fusaient, habillant la journée de joie.

Le pasteur de la paroisse[28] et les représentants des autres clans n'étaient pas encore arrivés. Tous les gens de Hunöj et tout le clan du vieux Willy attendaient ces délégations qui ne tarderaient pas. Quand Atrexetë se réveilla une nouvelle fois, la nuit tombait déjà. Elle était entourée des femmes de la tribu. De toutes les femmes de la tribu et surtout des femmes de son âge. C'est leurs chants de louange qui l'avaient sortie du sommeil.

---

28   La tradition veut que le pasteur vienne bénir les nouveau-nés et prier pour eux.

Quand elle eut tout à fait ouvert ses yeux, Temara risqua une question à propos de ce qu'elle avait fait.

— Tantine, pourquoi ne m'as-tu pas appelée ce matin ? Tu aurais dû dire à Yaella d'aller me chercher pour t'assister !

La voix de la plus âgée des femmes fusa alors d'à côté du foyer principal.

— Atrexetë, n'as-tu pas de bouche pour dire à Boula de sortir avec ses chiens de la case ?

Après un silence, elle ajouta avec véhémence :

— La case, c'est pour nous, les humains, pas pour les bêtes !

Un lourd silence s'ensuivit, comme si toutes les communications venaient d'être brouillées par la voix de la vieille Ala. L'autorité maternelle est un droit incontesté.

La tradition imposait à Atrexetë d'offrir un geste d'accueil à la doyenne. Elle se tourna vers Temara pour lui demander si le présent avait été préparé, mais celle-ci la devança et la rassura d'un simple signe de la tête. Tandis qu'Atrexetë se recueillait avant de parler, il n'y eut pas le moindre bruit dans l'assistance. Mais lorsque ses paroles s'élevèrent dans la pénombre de la case, elles furent accompagnées de sanglots et de gestes de désolation.

— La vieille Ala, je m'abaisse devant toi et devant les autres femmes ici présentes, pour présenter mon pardon d'avoir donné naissance à l'héritier de votre clan dans l'endroit que vous savez. Qui je suis, moi, pour dire au vieux Boula de sortir de la case, pour lui dire de sortir de chez lui? Qui je suis? J'ai accompli mon geste parce que, dans ma tête, si je donnais naissance dans la case, les vagissements de mon fils auraient attiré les chiens du Vieux. Ils auraient fait de mon fils et de moi leur festin. Voilà tout. Voilà mon geste de pardon, voilà le geste que je présente devant le poteau central, ici, à Refuge. Que Dieu et les esprits de ce lieu nous bénissent tous. Oleti.

Un silence pesant retomba dans la case. À présent, tout le monde attendait les remerciements et les paroles que la doyenne des femmes et du clan allait prononcer.

Avant que la nuit ne couvre tout à fait la tribu de Hunöj, le vieux Boula revint dans sa case pour annoncer que le pasteur allait venir prier. Plus tard, le chef de clan décida du prénom du petit. Le père du nouveau-né, quant à lui, ne vint même pas voir Atrexetë ni son fils.

Nous étions sous le kapokier en train de filer[29] des roussettes à la pleine lune lorsque Pierre fut pris de convulsions. Les vieux disent que le diable se couche parfois sur les vivants pour les étouffer. Leur esprit s'envole alors vers le pays des morts. Pierre se mit à rêver qu'il était assis sur une chaise au beau milieu d'un couloir. Il obstruait le passage qu'un homme inconnu s'apprêtait à franchir. L'inconnu s'était arrêté et avait attendu. Il n'avait pas de visage… ou plutôt, son visage était trouble.

Pour ceux qui savent, un tel rêve est limpide. À la tribu, quand une personne est sur le point de partir, elle se manifeste dans les songes d'un proche en prenant garde de ne pas découvrir son visage. C'est un avertissement qu'il est important de comprendre, car il évite d'avoir inutilement recours aux plantes médicinales. Quand l'heure est venue, il faut savoir l'accepter et s'engager sans tarder sur le sentier des morts. C'est ainsi.

---

29 *Filer* : être à l'affût de.

Lorsque Pierre revint à lui, il me demanda s'il n'y avait pas un sentier des gens de l'au-delà passant au pied du kapokier. Je répondis qu'une dame aveugle de la tribu m'avait dit un jour que la case où j'habitais était construite sur le sentier des Invisibles. Pierre demeura songeur. Et comme il fallait bien que nous trouvions une explication, nous conclûmes que la camionnette à côté de laquelle nous faisions le guet était sans doute garée en plein milieu de l'autoroute. De l'autoroute des morts.

Le ciel était couvert et, bien que la lune soit pleine, sa lumière pâle n'avait pas la force de former des ombres. Une lueur maigre flottait comme un voile sur la vallée. Aucune roussette n'était venue se poser sur les branches fleuries du kapokier. C'était sans doute cette lumière sinistre qui éloignait les volatiles.

Pierre tourna la clé afin de reculer la voiture. Il fallait la changer de place. Lorsqu'il vint se rasseoir auprès de moi, je poursuivis mon récit concernant l'aveugle. Un jour, de l'autre côté du creek, une grand-mère atteinte de folie avait disparu. Les gens de la tribu l'avaient cherchée pendant plusieurs jours. Ils avaient fini par demander de l'aide à l'aveugle qui habitait le grand banian, de l'autre côté de la route qui mène à la chaîne centrale. L'aveugle était une sorte de sorcière, réputée pour connaître les différents sentiers des morts qui parcourent la vallée de la Tieta. Elle avait affirmé aux jeunes venus la consulter que la grand-mère errait encore et qu'il serait impossible de la retrouver tant qu'elle ne se serait pas affranchie de sa mission en ce bas monde. « Vous la trouverez de l'autre côté du creek.

Là où personne ne va pêcher la crevette et l'anguille. C'est là que les esprits l'ont emmenée. » L'aveugle avait encore dit beaucoup de choses et tout ce qu'elle avait dit s'était avéré.

Les jeunes avaient fini par découvrir le corps de la grand-mère pendu à un gaïac. Étrangement, ses pieds touchaient le sol. Comme si quelqu'un l'avait aidée à accomplir son geste funeste. Mais l'affaire en était restée là. Tous ceux de la tribu avaient fini par accepter la conclusion de la sorcière aveugle qui vivait dans les racines du grand banian.

Lorsque j'achevai mon récit, Pierre ne fit aucun commentaire et nous laissâmes le silence nous envelopper. Ce fut une nuit de chasseurs bredouilles. Notre attention et nos pensées vagabondèrent d'une branche à l'autre du kapokier en fleur, dans l'espoir qu'une roussette s'y poserait enfin. Mais rien ne se passa, jusqu'à ce que le sommeil nous prenne debout, là, sur le bord du sentier des morts.

Nous sursautâmes lorsque Lady, la petite chienne de la maison, se mit à hurler longuement, en réponse aux hurlements des autres chiens de la tribu. Qu'est-ce qui avait bien pu déclencher ce concert ? Une lueur ? Un murmure ? Le passage d'un esprit ?

Je ne le sus qu'un peu plus tard.

Après notre étrange veillée, je rentrai dormir quelques heures pour récupérer. Lorsque je me levai, le soleil brillait sur la vallée et je m'étonnai de ne pas avoir entendu le chant de Nash.

Nash était un coq magnifique qui faisait l'orgueil de notre maison. Ses plumes rouge ambre et noires pendaient de sa queue et balayaient le sol sur son passage comme la toge d'un empereur. Il nous rendait fiers.

Nash vivait paisiblement au milieu de son harem caquetant. Chaque matin, je pouvais déceler son chant dans la cacophonie qui tirait le soleil de la nuit. Il dormait sur la plus haute branche du litchi qui surplombait la maison du vieux Kafeiat. Le vieux m'avait suggéré de le tuer et de le cuisiner pour donner goût aux marmites d'ignames. J'avais refusé parce que le coq était devenu l'emblème de la maison. Nash rentrait toujours dans la case pour picorer les restes de riz et de pain qui traînaient sur le sol. Son troupeau de poules le suivait jusque sous la table à manger. Thaijö, le premier-né de la famille, leur courait après.

C'était une très grande joie de les voir ensemble.

Ce matin-là, en sortant de ma case, je trouvai Nash figé dans une posture étrange. Il était comme piqué sur une patte, à côté du chambranle qui bordait l'entrée. L'autre patte, bien repliée, disparaissait dans les plumes de son ventre. Ses paupières tombaient toutes seules sur des yeux qui ne pouvaient plus voir. De toute évidence, la vie se détachait lentement de cette masse qu'elle avait autrefois emplie de fierté. Quelle tristesse de voir ma belle créature dans cet état ! Sa sève vitale se retirait comme la mer s'éloigne du rivage à marée basse. Hélas ! Les beaux jours sont toujours comptés. Et le temps est avare.

Le coq était venu mourir devant la porte, là où Élisa avait planté un joli rosier. Notre phénix ne poussait plus son chant de bravoure. Il était certainement fixé sur son sort et redoutait désormais les autres coqs qu'il avait menacés dans sa verdeur. Toute la journée, Nash se tint figé tel un jouet sur le seuil de la case, sous le rosier, parmi les autres jouets de Thaijö.

« Qu'il est encore beau, pourtant ! » me dis-je avec tristesse.

Le lendemain, en sortant de l'école, quand je passais le grand portail de l'entrée principale, je m'étonnai de voir un chien détaler de dessous le flamboyant de la maison du vieux Kafeiat. Une bourrasque se leva aussitôt, suivie d'un violent craquement de bois. Le fil électrique tendu au-dessus de l'arbre se mit à battre l'air dans tous les sens. Dans un vacarme assourdissant, une tornade souleva un tourbillon de poussière qui monta dans les airs telle une colonne ambrée dressée vers l'infini. Un air sec et brûlant me fouetta le visage et m'obligea à fermer les yeux. Il envahit et me boucha les narines jusqu'à m'étouffer, déposant sur mes lèvres une poussière acide. Dans un réflexe de recul, j'inclinai mon torse vers l'arrière, fis cligner frénétiquement mes paupières et vidais mes poumons autant que je pus, avant de tenter de reprendre mon souffle. La tête me tournait. J'étais sur le point de tomber. Je me servis alors des deux sacs noirs emplis de livres de cours qui pendaient à mes bras pour me maintenir en équilibre… Une force invisible venait de me traverser. Un esprit s'était échappé.

Lorsque je pus enfin rouvrir mes yeux, le calme était revenu comme si rien ne s'était passé. Le ciel était toujours du même ton. Un silence de plomb pesait cependant sur les environs. Rien ne le troublait, pas même les cris des enfants provenant du collège. Le temps était suspendu. Je soulevai un pied pour avancer, lorsqu'un chant de coq joyeux transperça le silence comme dans un réveil matinal, me frappa furieusement les sens et me laissa pantelant tandis que la vie reprenait enfin son cours normal. Au loin, des plumes retombaient en confettis sur la case et dans ma petite cour où dodelinaient naguère Nash et son harem. Je marquai encore un court arrêt, le temps de bien prendre conscience de la situation où je m'étais trouvé. Les deux sacs restés ballants à bout de bras continuaient de se balancer.

Le chien avait fait de mon coq son repas de la journée. L'envolée de plumes était partie de dessous le flamboyant du vieux Kafeiat. L'élévation de son esprit avait été accompagnée d'un sursaut des éléments, comme une jubilation de la Nature. La veille, mon joli coq était venu faire ses adieux à notre maisonnée. Il avait fait notre fierté et nous comptions sans doute beaucoup dans sa vie de charmeur.

Je baissai la tête et commençai à prier les esprits tandis que je descendais à pas comptés vers ma case de Cawiouko.

Le souvenir de Nash brûlait encore en moi lorsqu'une voix me parvint de l'extérieur de la case. C'était Éric, le fils du vieux Kafeiat. Il m'annonça que son père venait tout juste de partir. Je sortis et demeurai silencieux comme on le fait en pareille situation. Je me tenais debout, à côté du rosier, là où Nash était venu faire ses adieux. J'y restai un long moment avant de retourner dans la case, comme pour y reprendre mes forces. J'étais étourdi. Je n'en revenais pas. Le coq… le vieux. Je restai seulement allongé, comme mort, sur le matelas où je dormais habituellement. Je compatissais. Éric était reparti. J'étais de nouveau seul, face à moi-même, assailli par les souvenirs et la tristesse.

Quand je décidai de rappeler Éric sur son portable, une trentaine de minutes s'étaient déjà écoulées. Il me dit que le vieux était parti une heure plus tôt. Je saisis ma tête entre mes mains et sortis. Je me trouvai désormais au milieu des plumes que le vent poussait devant moi.

Mes pieds m'amenèrent vers la villa du vieux Kafeiat. Son corps devait être dedans. Ses yeux étaient maintenant tournés vers ses pensées. Lorsque Rackella, la dernière fille du vieux, apparut dans la cour, je sursautai. Elle m'accompagna jusque sous la véranda et me laissa, m'indiquant d'un simple signe où se trouvait le vieux papa. J'entrai dans le salon et le vis allongé sur le lit. Je m'avançai. J'avais l'impression qu'il dormait. Je tendis la main pour toucher sa tête. Elle était chaude, comme s'il avait seulement de la fièvre. Se pouvait-il qu'une étincelle de vie l'habite encore ? Je voulais le croire. Je fixai longtemps le visage du vieil homme en imaginant qu'il allait rouvrir ses yeux, me regarder et me parler comme il le faisait chaque fois qu'il arrivait à la maison. J'étais troublé. J'avais mal. Une furieuse envie de pleurer me serrait la gorge.

Je restai encore quelque temps avec le vieux. C'était « le vieux papa à nous » dans le petit quartier de l'école. Avant de sortir, je fis le décompte du temps que le corps allait encore passer avec nous avant qu'il ne soit rendu aux oncles utérins et à la mort. Vingt-quatre heures. Je fermai mes yeux et priai. Je me signai ensuite et sortis pour appeler ma famille et mes relations. J'étais aussi affecté que les enfants et les petits-enfants du vieux. Le vieux Kafeiat, le vieux Cawiouko… Au pays, on n'appelait jamais personne par son prénom. Pour ne pas manquer de respect. Ou alors, on accompagnait le prénom d'un titre, pour atténuer les choses. Le *vieux,* par exemple.

Le vieux avait quitté le monde au début de l'année. Ça allait être étrange d'ouvrir une page de photos et de tomber sur ce visage qui ne parlerait plus. L'image du vieil homme allait toujours revenir de toute façon. À chaque fois que je rentrais de mes journées de cours, sa parole m'accueillait. Il arrivait souvent avec une ramure de canne à sucre ou quelque autre fruit ou légume du terroir. Comme cela… avec sa chaleur et son humanité. Des présents. C'était sa façon d'aimer, pour que le jeune homme des Îles que je suis se sente moins étranger sur ses terres, à Cawiouko. Il fallait toujours qu'il amène quelque chose à la maison. Pour faire plaisir et se faire plaisir. Le plaisir simple d'offrir. Aux enfants. À Walila, à Sisa. Oui. Cela marque. Et ces gestes… ils marquent toute l'existence. D'éternité en éternité.

Désormais, il n'y aurait plus tous ces petits riens qu'on minimise pour apaiser la gêne de celui qui reçoit. Des attentions qui forment des liens et comblent les interstices du cœur. Je me sentais vide.

Lorsque Pierre m'appela au téléphone, cela me soulagea. Il me rappela ce qui était arrivé l'avant-veille, lors de notre partie de chasse.

Le lendemain, lorsque nous nous revîmes à l'école, quelque chose de tragique flottait dans l'atmosphère. Nous ne nous sentions pas bien, l'un comme l'autre, et nous cherchâmes le réconfort dans nos cours qui nous transportaient loin de nos doutes et de nos pensées tristes.

Deux jours après le coup de chasse, ou plutôt, après la veillée bredouille sous le kapokier des invisibles, les morts étaient venus chercher le leur parmi les vivants. Le vieux Kafeiat était parti dans un bruit de tempête au milieu des plumes, des pennes et des duvets.

* * *

Un peu plus tard, depuis le milieu de ma cour, en jetant un coup d'œil sous le flamboyant, je vis le chien qui était revenu terminer son festin. Là-haut, entre les deux poteaux, une ligne de merles des Moluques avait pris possession du fil électrique. Le calme était revenu. Le calme de tous les jours. Les enfants jouaient dans la cour de récréation et sous le faré de l'école. Depuis la route, Éric me fit signe de le rejoindre dans sa voiture. Nous partîmes. Ce circuit-là, tout le monde le connaît. J'accompagnais Éric sur les chemins de sa coutume.

Il fallait amener le bois[30] pour prévenir les oncles utérins[31]. Leur clan allait venir pour fermer le cercueil du
vieux et couvrir son visage à jamais.

---

30   *Amener le bois* : geste coutumier envers les oncles utérins
     pour les prévenir de la disparition d'un neveu ou d'une
     nièce.

31   Ce sont les oncles utérins qui ferment le cercueil du
     défunt.

Nous arrivions à la fin de l'année. La chaleur rendait nos journées de classe insupportables et nous faisions en sorte qu'elles le soient au moins tout autant pour notre vieil instituteur. Il n'y avait pas que nous autres, ses élèves, qui menions la vie dure au vieux Wakeca *qatr*[32]. Pour ne rien arranger, les écoliers de Wé[33], déjà en vacances, revenaient par groupes entiers et semaient une joyeuse zizanie dans la tribu.

En effet, après le cours élémentaire à Hnadro[34], on passait en cours moyen à Wé, ou à Hmelek, deux établissements publics. Après quoi, nous mettions le cap sur Nouméa. On n'avait aucune idée du niveau de ces

---

32   *Qatr* : vieux, vieille en langue drehu. Cela n'a rien de péjoratif, le mot exprime le respect vis-à-vis de la personne, âgée ou jeune.

33   *Wé* : village (ou capitale) de l'île de Lifou, Lifou faisant partie des trois îles Loyauté.

34   *Hnadro, Kejëny, Hmelek, Hunöj, Luengöni, Mou* et *Luecila* sont des tribus de l'île de Lifou.

établissements extérieurs. La seule chose que nous savions, c'est qu'il nous fallait travailler le plus dur possible pour faire honneur à notre tribu. Suivre nos aînés : nos modèles de réussite (même s'il n'y en avait quasiment pas qui soient parvenu à finir leurs études). Ce qui importait, c'était de passer dans l'établissement suivant, et peu importait la filière qu'on allait prendre en fin de course. On ignorait tout de cela. « Tu vois, Walewen, il est maintenant à Do-Néva. Si tu continues à bien travailler, tu vas finir comme lui », disait ma grande sœur qui croyait percevoir en moi des dons et de l'intelligence.

De l'intelligence, c'était beaucoup dire. Certes, j'excellais à Hnadro. Mais il ne s'agissait que d'une petite école de tribu. En 1971, nous étions quatre élèves en deuxième année du cours préparatoire. Si je dominais mes camarades et cousins par mes résultats, c'était plus sûrement en raison de leurs faiblesses que grâce à mes compétences.

Luetu, le fils d'une tante de la tribu, un ancien de notre école, faisait partie du groupe d'élèves déjà revenus de Wé. Chaque soir, il nous attendait sur notre chemin de retour pour nous raconter ce qu'il vivait là-bas. C'est sans doute lui qui introduisit l'expression « pique-niquer » dans notre vocabulaire, une expression que nous n'avions jamais entendue auparavant et qui fit rapidement le tour de la cour de récréation. À Wé, chaque fin d'année, les élèves et leurs instituteurs faisaient une sortie hors de l'école pour « pique-niquer ». Quelle merveille !

Par l'un de ces miracles qui constituent le progrès, la semaine suivante, notre maître nous prévint qu'une sortie de classe serait bientôt organisée à la plage de Luengöni, une tribu du bord de mer, au sud de l'île. C'était une grande première ! Jamais nous n'avions eu de sortie dans notre vie d'écolier ni aucune des générations précédentes. On s'étonnait et on s'émerveillait de la nouvelle qui fut accueillie par des cris de joie dans la classe et qui ne tarda pas à gagner tous les foyers de la tribu. « Sortir en pique-nique » était désormais sur toutes les lèvres. L'idée bouleversait notre ordinaire. Elle modifiait même nos rapports avec nos parents. Par la magie du mot « pique-nique », nous étions presque devenus de nouveaux élèves, d'une qualité supérieure. Nous aussi, nous étions désormais investis par le progrès, comme tous les enfants du monde.

Le soir, à la maison du petit chef, les femmes de notre tribu se retrouvaient afin de confectionner une natte destinée à orner la grande case de la chefferie de Mou. C'était l'occasion de manifester son émotion face à cet événement formidable.

« Eux, maintenant, ce n'est plus comme à notre époque. Ils font des sorties. Ceux de l'école pilote de Wé sont allés à la plage de Mou. Ils ont passé toute la journée de vendredi là-bas », déclarait Ikalia, la maman de Luetu, à qui voulait l'entendre. Elle parlait posément en clignant des yeux et lissait ses feuilles sèches de pandanus avec application, prenant l'air de celle qui sait tout de ce qui se passe à l'école de son enfant. « Les élèves de Luecila sont allés à Qamalany. Ils y ont même passé la nuit de jeudi », ajoutait-elle ensuite. Il est vrai que tante Ikalia était la seule femme salariée de Hnadro. Elle faisait le ménage à la mairie de Wé. Personne ne savait exactement ce que « ménage » voulait dire. Mais elle était – sans le moindre doute – investie du progrès, elle qui avait deux maisons : une à Wé, la capitale, et l'autre à la tribu ! Ikalia était régulièrement citée comme un modèle de réussite dans les discours qui se tenaient à la tribu. Elle ne gagnait certainement pas grand-chose à l'époque, mais cela suffisait pour faire tourner son foyer. Mes autres tantes l'enviaient certainement. Jamais avares de commérages, elles médisaient volontiers sur tante Ikalia : « Fille mère ! Elle va à Wé, au lieu de rester à Hnadro pour s'occuper de sa mère… » D'autres tantes en rajoutaient, épuisant leur imagination en paroles méprisantes. Ikalia, la femme de mauvaise vie… La fille mère qui va encore dénicher un enfant par-ci, par-là. La jalousie accouchait de l'opprobre.

La veille de notre sortie, les mamans nous préparèrent nos goûters et nos effets pour la plage de Luengöni. Icica, pour la circonstance, avait deux boîtes de pâté et une bouteille de boisson gazeuse d'une très jolie couleur. Le luxe et l'originalité d'un tel goûter attirèrent évidemment l'attention de tous les autres écoliers. On se rapprocha d'Icica autant que possible et, tout en le jalousant, on tenta de s'en faire remarquer. Du pâté de jambon ! Personne n'avait jamais goûté quelque chose de ce genre ! On élabora toutes les stratégies d'approche possibles pour avoir droit à quelques miettes de la boîte du cousin, lorsque viendrait le moment de casser la croûte.

L'heure du départ sonna. Une dizaine d'élèves prirent place dans la benne de la Peugeot 404 du vieux Wakeca *qatr*. On chanta des comptines à tue-tête. Certains crièrent de joie. Une belle journée s'annonçait. Passé Kejëny, la tribu voisine où nous hurlâmes aux passants que nous allions nous baigner à Luengöni, la camionnette Peugeot quitta la route principale et s'enfonça dans la brousse en direction de la grande forêt. Là-bas, vers Gazinemaea, vers le bord de mer et les falaises.

L'endroit ressemblait exactement à la grande forêt que nous avions à Hnadro, celle où nous allions donner à manger aux biquettes de mon oncle, le dernier frère de ma mère. Nos chants s'estompèrent aussitôt. On s'inquiéta de ce détour, mais Wakeca *qatr* nous rassura en affirmant que l'affaire prendrait peu de temps. Notre instituteur s'était brusquement souvenu d'un différend l'opposant à Kumala *qatr* au sujet d'un chevreau qui ne lui avait pas été livré chez lui, à Troutrouhlou.

Arrivé chez Kumala *qatr*, notre maître présenta le qëmek[35]. L'ermite le remercia pour son geste et offrit du café moulu au visiteur en signe d'accueil. Les deux vieux s'installèrent alors sous la tonnelle. Jako *qatr*, l'épouse du vieil homme reclus, étala la natte et nous invita à nous y asseoir. Tenaillés par le désir de repartir aussitôt que possible, nous ne voulions pourtant pas quitter la voiture, espérant ainsi faire revenir notre instituteur dès son affaire conclue. On discuta de choses

---

35 *Qëmek* : présent fait à quelqu'un lorsqu'on arrive chez lui pour la première fois.

et d'autres avec le conducteur. Wakeca *qatr* prenait son aise et son temps, qui était aussi le nôtre. Les voix et les fous rires fusaient entre les deux vieux. Ils se serraient la main et se congratulaient à chaque fois qu'ils évoquaient des souvenirs, comme deux enfants ou deux amis qui se retrouvent après une longue séparation. Ils étaient certainement très amis. Leurs discussions emplissaient Gazinemaea.

Parmi les écoliers, ont commença à perdre patience et à poser un pied à terre, puis deux. Quelques-uns s'éloignèrent même de la voiture. Pas trop loin, juste à portée de voix. Certains s'installèrent sous les grands banians qui entouraient la cabane de l'ermite. On poussait volontairement des grands « ouf » d'impatience, espérant attirer l'attention du vieil homme. Mais il n'entendait rien ou se fichait éperdument de nous et conversait avec Kumala *qatr* sans faire cas de notre présence.

L'attente eut raison de nous. Quelques filles allèrent aider la grand-mère à battre ses feuilles de chou kanak. Charlie et Haedas furent nommés chefs de notre groupe pour attraper un chevreau parmi le troupeau de cabris du vieil homme. Leurs beaux habits disparurent aussitôt sous les bancs installés à l'arrière de la camionnette. Les deux garçons se précipitèrent vers la broussaille en empruntant le sentier que l'ermite leur pointait de l'index. Ils ne prirent même pas le temps de nous appeler, Émile et moi. Courir après ces pauvres bêtes était pourtant un jeu que nous aimions tous. C'était ce que nous faisions tout le temps en allant chercher du bois après nos cours de l'après-midi.

Le soleil de décembre était à son zénith et chauffait la terre de tous ses rayons. Le bleu du ciel était d'une pureté agressive. Encore une fois, nous n'étions que de petits êtres soumis à l'autorité abusive de notre instituteur. Notre espoir impatient pointait toujours vers la deuxième moitié de la journée. Mais moi, dans ma petite tête d'écolier du plateau, je commençais à mettre sérieusement en doute ma foi dans le monde des adultes. Il était temps de mettre fin aux illusions dont je m'étais bercé jusque-là. Toutes les grandes personnes mentaient. Le progrès n'était qu'un voile de fumée.

Finalement, tout le monde comprit que la plage de Luengöni resterait un fantasme dans nos petites cervelles. Quelques-uns parmi nous n'avaient jamais vu la mer, ce rêve de toujours, cette extase, pour un habitant du plateau. Wakeca *qatr* était de Drueulu, une tribu du bord de mer de l'île, surnommé « Littoral ». Lui, la mer, il la connaissait par cœur et il n'en avait rien à faire. Mais ça n'était pas notre cas, et ses bavardages étaient en train de nous frustrer de notre attente. Tout le monde lui en voulait. Mais comment le lui dire ? Nos parents eux-mêmes n'auraient pas osé lui formuler la moindre demande. Il n'y avait pas de conseil de classe à l'époque. Et s'il y en avait eu, le dialogue aurait toujours été à sens unique. Le vieux parlait, nos parents écoutaient et faisaient ce qu'on leur demandait. Le vieux Wakeca *qatr* décidait de tout, quitte à faire des choix qui auraient dû revenir à nos parents.

Je me tenais avec Loulou sur le bord de la route principale lorsque Waipio vint à notre rencontre.

— Monsieur a dit qu'on va rester ici, mais qu'on peut faire tout ce qu'on veut. Les autres ont déjà construit des cabanes. Waimo, sa maison, c'est comme un nid d'oiseau. Il l'a construite sur un arbre. Comme on fait quand on va chercher du bois, sauf que lui, c'est meilleur. Le chauffeur lui a donné la main.

— Tu fais quoi ? me demanda Loulou. Moi, je me joins aux autres.

Et il s'engagea aussitôt sur le chemin qui menait à nos camarades.

Je me retrouvais seul face à Waipio qui reculait déjà sur le chemin du retour. Elle ne voulait pas que Loulou la distance.

— Vas-y, lui dis-je. Moi, je vais à Luengöni. Tu pourras dire ça à ton vieux con de bouc !

La colère m'avait envahi d'un seul coup. Peut-être que le soleil m'avait trop chauffé le sang. Je le sentais qui battait à mes tempes et qui me brûlait les artères. Mes larmes étaient sur le point de couler, mais je me retenais de toutes mes forces, car j'avais honte de pleurer devant Waipio.

— Wananathin[36] va t'étouffer dans ses seins ! me hurla-t-elle avant de tourner les talons et de disparaître dans le chemin.

Je n'en avais cure, ma colère me portait loin de Gazinemaea. Je ne voulais plus savoir ce que fai-

---

36 *Wananathin* : femme mythique aux seins si lourds
    qu'elle s'en sert pour étouffer les enfants récalcitrants.
    Wananathin est aussi une ancêtre totémique d'un clan de
    Lifou (tribu de Thuahaik).

sait notre vieil instituteur. Il discutait encore, sans le moindre doute. Il ne se souciait de rien d'autre que de discuter avec Kumala *qatr*. Ces vieux, ils ont leur petit monde à eux. Parler, se serrer la main, parler encore, cracher, rire comme bêle le bouc qui a envie de monter sa bique, péter, croiser et décroiser les pieds, s'étirer, mais toujours assis, se lever ensuite pour aller faire ses besoins dans les brousses. Et le monde tourne. Il tourne autour d'eux. Nos vieux sont nos maîtres. Notre centre d'attraction.

Plus rien ne pouvait m'arrêter. Je me mis à courir en direction de Hmelek, la tribu voisine. Il fallait passer deux tribus pour arriver sur la plage. Cette plage dont je rêvais si fort. Nu-pieds, je mis rapidement de la distance entre moi et l'endroit où Wakeca *qatr* nous traitait avec tant de mépris. Je voulais tout oublier de Gazinemaea, même le pâté et le soda du cousin. Après tout, les boîtes qui nous avaient tant fait envie étaient peut-être vides, puisque tout n'était que mensonges dans cette affaire de pique-nique.

Je courais à perdre haleine vers ma liberté. J'étais transporté. Des rafales soulevaient la poussière et me fermaient les yeux. J'en riais. J'étais tellement heureux que j'oubliais de me sentir coupable de désobéissance envers le vieil homme. « Luengöni, Luengöni ! » criais-je aux oiseaux et à la nature entière. Je sautillais. Non, je bondissais. Non, je m'élevais, je flottais parmi les étoiles. Je voyais la terre entière. Je débordais de joie. Une joie intense qui me faisait voler.

Près de Hmelek, je fus surpris par une femme. Elle débouchait d'un sentier menant aux champs, juste à l'instant où je passais par là.

— Ah, c'était toi alors que j'ai vu ! Et tu étais avec qui ?

— Je suis tout seul, répondis-je, plein d'ivresse et de fierté.

Cette course en solitaire m'avait enorgueilli. Les yeux de la vieille femme s'écarquillèrent et furent comme agités de tics. Ses paupières tremblèrent à la manière des aveugles qui cherchent quelque chose qu'ils ne peuvent pas voir. Quelque chose s'était brisé en elle. Je reconnus une maman tourmentée. Elle s'était mise à l'écart de la route pour nous voir arriver. Elle était surprise de se trouver seule devant un môme.

— Et de qui es-tu le fils, mon garçon ?

— De maman Atrexetë, de Hunöj. J'arrive de Hnadro…

— Je connais Atrexetë. Je sais qu'elle est originaire de là-bas. Tu dois m'appeler maman. Atrexetë est ma sœur, nous avons grandi ensemble à Hmelek.

Il se passa un temps avant qu'elle reprit :

— Et où est-ce que tu allais comme ça ?

— À Luengöni.

Elle fronça ses paupières en grimaçant, comme si quelque chose avait touché sa prunelle.

— Viens, mon fils, ne reste pas sur la route.

Je la rejoignis sous le figuier sauvage où elle se tenait debout, son panier d'ignames sur l'épaule. C'était un endroit où les gens qui arrivaient des champs se reposaient. Un endroit très dégagé avec des écorchures de couteau sur le tronc du figuier. Elle se tourna en direction des champs et appela par trois fois le prénom de Unedro qui répondit :

— Pour quoi faire ?

Il avait de l'agressivité dans la voix. Il sortait sûrement de sa sieste. Il arriva tout de même. Un jeune homme de l'âge de Luetu. Avant qu'il nous rejoigne tout à fait sous le feuillage du figuier, la vieille dame s'avança à sa rencontre. Elle lui murmura des paroles graves que je ne compris pas. Je ne pouvais que deviner son inquiétude à l'attitude qu'elle avait adoptée et aux soins qu'elle prenait pour que ses paroles n'arrivent pas jusqu'à moi. Unedro eut les mêmes réactions que la dame lorsqu'elle m'avait aperçu en sortant du chemin. Il repartit en courant sur le sentier qui menait aux champs, puis reparut au bout d'un moment, une vieille marmite à la main. Les restes de leur repas de midi, assurément.

La dame m'installa rapidement sur une racine de banian, non loin du figuier, et me servit à manger. La dame prenait soin de moi comme si j'étais son propre enfant. Elle réunit des feuilles de pandanus et des brindilles de bois mort afin d'allumer un petit feu au pied de la racine sur laquelle j'étais installé. Puis elle fit ramollir les feuilles d'un arbuste en les faisant passer longuement sur les flammes. Quand j'eus fini de manger les ignames et les feuilles de chou kanak qu'elle m'avait servies, elle me frappa le visage avec les feuilles chaudes. Elle psalmodiait des paroles comme pour conjurer un mauvais sort. Je sursautai et battis nerveusement des paupières. J'eus l'impression que quelque chose me tirait précipitamment vers le grand jour et je fus ébloui par la brutalité de la lumière. Je fermai encore plus vigoureusement mes paupières qui frétillaient toujours. Ce fut comme si ce rituel incantatoire m'avait tiré d'un long sommeil. Sur le bord de la route, la voiture du vieux Wassa attendait, moteur allumé. D'autres personnes qui se trouvaient entre Gazinemaea et Hmelek s'étaient jointes à lui.

— Il faut le porter, dit le vieux en descendant de la voiture.

Les forces qui habitaient mon cœur se mirent alors à chanter et leur chant résonna dans tout mon être. « Ekölö cia la hnetieng, Hariharia, Hariharie… »[37] Elles m'invitaient à repartir sur la route. Cette ritournelle faisait partie des chants incantatoires qui nous permettaient de nous élever du sol et de marcher dans le vide comme si l'on flottait dans le fond bleu de l'océan. Et c'est bien l'impression que j'avais : je flottais et marchais dans le vide…

Sur la route, je voyais des êtres qui me lançaient des regards de reproche. Ils me disaient que je n'aurais pas dû rentrer dans l'ornière, que je n'aurais pas dû écouter la dame de Hmelek. Il me fallait repartir et respirer l'air de la liberté à plein poumon. M'envoler. C'était ce que je faisais avant que la vieille dame ne m'arrête.

---

37   Ritournelle : « Je pense tellement à mon derrière qui pousse, Hariharia, Hariharie...»

   — LE RÊVE DE LUENGÖNI —

M'enfuir. Il me fallait m'en aller en m'envolant d'une seule secousse.

Je tentais alors de me lever, je ne voulais pas que quelqu'un s'approche de moi et me touche, mais je n'avais plus aucune force. Une lourde fatigue s'était abattue sur mon corps et me maintenait collé à la racine de banian. Je ne pouvais plus bouger. Mes jambes étaient tout engourdies. Seuls mes yeux parvenaient à bouger et ils fixaient à présent une autre dame qui se tenait à distance sur le bord de la route. Une dame aux seins énormes. Beaucoup d'enfants riaient et s'amusaient en courant autour d'elle. Elle me regardait fixement et quelque chose me brouilla la vue et l'esprit. Je n'arrivais pas à distinguer son visage. Je ne savais pas si je devais avoir peur. Peu de temps après, je vis des mains s'agiter. Les êtres de la route s'en allaient. Ils me quittaient. Allais-je pleurer ? Je n'avais même plus de larmes. J'étais comme vide, insensibilisé. Je quittais l'autre monde en m'abandonnant.

Je me réveillais chez moi, à Hunöj, allongé sur le siège avant de la voiture, entre la vieille dame de Hmelek et le vieux Wassa. Penchée à travers la portière, maman me regardait avec inquiétude. Depuis la benne, je pouvais entendre les voix des garçons disant qu'ils m'avaient retrouvé en compagnie de Wananathin et de ses petits.

À présent, la vieille dame de Hmelek pleurait en enlaçant ma mère. Dans la cour, il y avait des baraques qu'on avait érigées à la hâte pour approvisionner les personnes parties à ma recherche. La famille de Hnadro et celle de notre vieil instituteur se retrouvaient réunies à la maison. Cela faisait deux jours que les jeunes des tribus du plateau me cherchaient entre Gazinemaea et Hmelek.

Je mis longtemps à me remettre de ce périple vers Luengöni. Waipio avait crié que Wananathin allait m'étouffer dans ses seins, et moi, j'étais parti en courant dans sa direction.

Marie-Ange ouvrit les yeux et prit conscience qu'elle était allongée sur un lit d'hôpital. Dans son état brumeux, elle chercha à mettre de l'ordre dans sa tête pour reconstituer le fil des événements qui l'avaient amenée là.

Seilan, sa belle-mère, était assise à son chevet. Elle l'avait suivie en prenant le premier vol, lorsqu'elle avait appris que sa belle-fille avait été évacuée de Drehu.

Des bribes de souvenirs revinrent à Marie-Ange. Une poussée de fièvre et une forte envie de vomir l'avaient fait quitter précipitamment la cérémonie coutumière qui avait eu lieu à Eika, le presbytère de la tribu. Elle avait eu des douleurs violentes au bas-ventre, comme en ont certaines femmes dans leur cycle. Une fois rentrée chez elle, elle avait vomi à de nombreuses reprises. Plus tard, la grande fille de Seilan l'avait trouvée accroupie devant la porte de la salle de bain. Plus tard encore, les bras de Göihage, son mari, l'avaient arrachée de terre et l'avaient emportée vers l'hôpital de Wé dans une course effrénée. Et puis… plus rien.

La famille n'avait eu connaissance de tout cela que bien plus tard, lorsque tout le monde était revenu d'Eika.

Cette cérémonie d'Eika clôturait les fêtes de fin d'année. Les jeunes gens de la tribu invitaient les parents à un repas préparé par leurs soins dans la maison commune. Dans la cour d'Eika, les garçons avaient aligné de nombreux bougnas[38] en deux rangées parallèles. Pour accompagner les ignames, les patates et les autres légumes du terroir qui composaient ce repas de fête, les jeunes gens avaient ajouté des crabes de cocotier, des colliers blancs[39], du poisson et, bien sûr, des roussettes[40]. Certaines mamans avaient bien voulu leur prêter main-forte pour la longue préparation que tout cela avait nécessitée. Tous ces mets avaient été cuits au four.

Les odeurs envoûtantes de ce festin, loin de faire saliver Marie-Ange, lui avaient retourné le bas-ventre à tel point qu'elle en avait perdu sa couche. Et à présent, sur son lit d'hôpital, il ne lui restait qu'à pleurer.

Tout avait commencé la veille de la cérémonie, lorsqu'elle avait accepté d'accompagner Göihage à une partie de chasse aux roussettes.

Göihage, c'était son homme, celui qu'elle avait accepté de suivre depuis la mère patrie. Ils s'étaient ren-

---

38   *Bougna* : plat traditionnel, cuit à l'étouffée, à base d'ignames et d'autres tubercules.

39   *Collier blanc* : variété de pigeon.

40   *Roussette* : sorte de chauve-souris qui constitue un mets luxueux.

contrés sur les hauteurs de la vieille ville de Grenoble, dans une cabine de téléphérique. Elle s'était rendue à la Bastille en compagnie d'autres amies universitaires, en empruntant les escaliers de leur résidence, et avait passé l'après-midi là-haut. De la Bastille, elle pouvait admirer la ville et l'ensemble du domaine universitaire où elle accomplissait ses études de science économique. Marie-Ange aimait contempler le paysage de ce point de vue. Elle aimait rêver qu'elle s'en envolerait un jour, comme un oiseau. Elle avait pourtant très peur du vide. Au moment de redescendre, elle tremblait dans la cabine du téléphérique. Cet après-midi d'été, Göihage lui avait offert son épaule pour la rassurer. Depuis, sa joue était restée collée sur sa poitrine. Ils étaient devenus amis jusqu'à se marier.

D'autres souvenirs moins heureux revenaient à Marie-Ange sur son lit d'hôpital. Elle avait failli rater sa licence à cause d'une grossesse non désirée qu'elle avait dû faire interrompre. L'image du fœtus reculant face à la suceuse qui fouillait son ventre l'obsédait depuis ces jours-là. Une image affreuse qui lui provoquait des frissons dans tout le corps à chaque fois qu'elle y songeait. Cette fois-là aussi, elle avait beaucoup pleuré.

Pourtant, tout avait commencé comme dans un beau rêve. Elle se revoyait sur l'herbe du terrain de football de la résidence universitaire de Condillac. Elle attendait Göihage qui s'entraînait avec d'autres étudiants de la cité. Les yeux tournés vers l'azur, elle avait admiré un vol d'oiseaux migrateurs qui débordaient de vie. Tout là-haut, dans le ciel, ils se déplaçaient comme des rangées de points alignés vers les grandes montagnes, si hautes que leurs sommets étaient couverts de neiges éternelles. Ils partaient vers le sud. Des cigognes sans doute. Pour Marie-Ange, la liberté de se mouvoir sans contraintes vers des contrées lointaines était l'expression la plus pure de la liberté. « La Terre n'est qu'un seul pays que les oiseaux parcourent sans peine », se disait-elle. Droits comme des tirets. Elle imaginait le vent coulant le long de leur plumage et leurs becs toujours pointés vers une destination qu'ils étaient seuls à connaître. Ça devait être merveilleux. Marie-Ange aimait le bleu, couleur du ciel et de la mer. Elle s'était imaginée en train de se baigner dans le bleu de la mer du Caillou, au pays de Göihage à Luengöni, ou bien à l'île des Pins, dont Göihage lui avait montré des cartes postales.

Dans la maison des parents de Marie-Ange, à Pommiers-la-Placette, Göihage lui avait longuement raconté les coutumes et les traditions kanak, construisant en elle l'image d'un pays paradisiaque aux fruits sucrés et aux vents tièdes.

Mais, depuis la partie de chasse aux roussettes, ce rêve s'était brisé pour de bon, et Marie-Ange se mourait de douleur.

Göihage chassait souvent la roussette, ce qui était pourtant interdit. Il pratiquait la chasse depuis la route principale qui irriguait l'île comme une artère. Cette façon de procéder n'avait rien d'honorable. C'était les hommes blancs, autrefois, dans les années soixante-dix, qui s'y adonnaient sans scrupules, insouciants d'appauvrir des ressources pourtant indispensables aux Kanak de l'île. Les Blancs ne pénétraient jamais les forêts parce qu'ils n'avaient rien à y faire. Ils se postaient simplement sur la route, buvaient leurs bières et discutaient entre eux en attendant un vol de roussettes. Comme un simulacre de défilé du 14-Juillet, ou comme des militaires, armes aux poings, occupant une zone. Quand les chiens volants[41] arrivaient en nuée, les coups de feu partaient dans tous les sens, et tant pis pour les roussettes tuées ou blessées qui retombaient en dehors de la route, on ne s'en souciait pas.

Göihage chassait souvent les roussettes depuis la route principale, et lorsqu'il avait fallu préparer la cérémonie d'Eika, il avait proposé d'amener quinze bêtes pour le bougna, sûr qu'il parviendrait à les tirer sans difficulté. Et cette fois, Marie-Ange avait accepté de suivre son amour à la chasse, dans la petite Fiat grise, sur la route de Luengöni. Elle s'était assise à l'arrière tandis que Nuelasin, qui chassait parfois avec Göihage, occupait le siège avant. Pour Marie-Ange, c'était l'occasion de constater que son époux ne tuait pas seulement par passion. Il tuait pour les besoins de la tribu, comme quand ils mangeaient la tortue pour sceller les alliances dans la grande chefferie du royaume.

---

41   *Chiens volants* : bien que la roussette soit un animal de taille relativement modeste (à peine cinquante centimètres d'envergure, en général), son museau évoque celui d'un chien par sa forme.

C'est Göihage qui tenait le fusil. Il connaissait bien le lieu. La force du vent et la température étaient propices. Il ne tarda pas à abattre quatre bêtes. Il lui en fallait deux de plus pour atteindre le compte. Neuf roussettes avaient en effet déjà été tuées et congelées quelques jours auparavant, en attendant la réunion de la mise en commun. Il faisait sombre, la nuit avançait toujours et gagnait toute la zone de passage.

— Il faut partir, dit Nuelasin.

— C'est toi ![42] répondit Göihage. Puis il démarra.

Vers le magasin *La Désirade*, ils rencontrèrent Koelë et beaucoup d'autres chasseurs sur le bord de la route. Comme eux, ils chassaient la roussette pour la cérémonie. On les reconnaissait de loin. Des ombres immobiles à quelques mètres de la grande voie sur lesquelles brillaient des bandes fluorescentes. Et parfois, les canons des fusils qui luisaient dans la lueur des phares. Göihage reconnut son cousin. Il ralentit. Tous les chasseurs du tronçon de cette route s'étaient regroupés à cet endroit. Koelë fit signe à Göihage de descendre pour parler avec lui, mais Göihage était pressé : il voulait faire ses courses au magasin avant la fermeture.

À *La Désirade*, Marie-Ange acheta une boisson en boîte pour chacun. Göihage prit une lampe-torche en plus des courses pour la cuisine du lendemain. Puis ils repartirent en direction du lieu où ils avaient déjà chassé.

— Pourquoi donc ? s'étonna la jeune femme.

---

42   *« C'est toi ! »* : « Comme tu voudras ! »

— Faut récupérer les deux autres roussettes, dit Göihage.

— Faut pas gaspiller le manger, s'empressa Nuelasin.

— Mais, vous ne les avez pas toutes ramassées ? s'étonna-t-elle.

— Il en reste deux, ma chérie, deux, reprit Göihage.

Au retour, les autres chasseurs étaient encore plus nombreux sur le bord de la route. Intrigué, Göihage arrêta la voiture et descendit en compagnie de Nuelasin. Sur le corail sale du bas-côté, une roussette était étalée sur dos, ventre et ailes tournés vers le ciel. En cercle autour d'elle, les chasseurs la contemplaient et parlaient entre eux à voix basse. La bête avait un pelage blanc. Elle était albinos.

Ça n'était pas la première fois que Göihage voyait ce genre de chose. Plus jeune, il avait autrefois chassé la roussette pour la cérémonie de la nouvelle igname et l'une des bêtes qu'il avait tirées était aussi blanche que celle qui reposait aujourd'hui sur le bord de la route. À l'époque, son oncle lui avait conseillé de jeter le volatile en affirmant qu'il ne serait pas bon, que ça n'était pas une vraie roussette. Göihage avait feint d'obéir, mais il avait gardé l'animal pour le montrer à sa grand-mère. Celle-ci lui affirma au contraire que la roussette était bonne. Elle l'avait même préparée dans des feuilles gluantes de choux kanak, accompagnée de champignons de saison. Une cuisine délicieuse ! La grand-mère avait préparé sa roussette de la même façon qu'elle cuisinait ses bougnas de rats, en les plongeant dans la cendre d'un foyer de braises incandescentes.

La roussette qui gisait à présent sur le bord de la route était énorme, sans doute plus d'un mètre d'envergure. Lorsque Göihage l'aperçut, il se courba pour la soulever. Parmi les chasseurs, il y eut comme un mouvement de recul. Jusqu'à l'arrivée de Göihage, personne n'avait osé la toucher de ses mains. Pour la montrer aux nouveaux arrivants, on la pointait seulement du bout du fusil.

Göihage remarqua des grains incrustés dans les poils de la bête. Des cristaux de sel. Il n'en fut pas surpris. Il expliqua aux autres que les roussettes ne faisaient pas leurs nids à Lifou ni même sur la Grande-Terre. Elles arrivaient depuis les autres îles du Pacifique. Elles voyageaient et rejoignaient les continents et les îles des océans du bout de leurs ailes.

— Wanamatra ! Faisons un peu le compte de ces bêtes tuées chaque nuit sur le bord des routes. Koelë, combien en as-tu tué hier ?

— J'ai oublié.

— Melem et moi, dix-huit hier. Et j'ai oublié celles de la semaine dernière, pour le colis du copain de la cousine[43], dit un autre jeune de la tribu, accro au goût du sang et à l'odeur que dégageaient les roussettes.

Chacun fit son compte personnel dans le noir. Ils atteignirent rapidement des chiffres énormes et déraisonnables. On se justifia aussitôt en disant que c'était pour manger. Parfois pour vendre, et qu'il le fallait

---

43   Il est fréquent que les gens des Îles envoient des vivres de cette sorte à leurs cousins de la Grande-Terre.

bien pour avoir un peu de pièces. D'autres raisons furent ainsi inventées sur le bord de la route. Certains hommes, pourtant, demeuraient silencieux et mal à l'aise.

— Le vieux Sapolë a parlé de ça au marché de Wé, dit Sineminy qui venait de Jokin, une tribu de l'autre bout de Lifou.

Sineminy était venu jusque-là en voiture quand son cousin du sud l'avait appelé sur son portable au sujet du lieu de passage des volatiles.

— Le vieux Sapolë dit qu'on ne devrait pas vendre les roussettes, qu'on en tue trop à cause de ça.

— C'est vrai, j'étais-là quand le vieux a parlé, reprit un autre jeune en s'avançant au milieu du demi-cercle que formait le groupe. Une maman a aussi parlé au sujet de la vente des ignames. Elle disait que c'était pas bien.

— Alors, faut qu'on arrête de tirer les roussettes, dit Nuelasin, et il y eût un tollé. Non, je rigole, ajouta-t-il aussitôt.

— Vous savez, la Province avait lancé une idée d'élevage de roussettes, reprit Sineminy.

— Ben oui ! Les Calédoniens élèvent bien leurs cerfs. Ils en mangent et en vendent. Voilà un créneau !

Nuelasin toucha Göihage du bout de ses chaussures afin de lui rappeler que son épouse attendait dans la voiture depuis un bon moment. Göihage fit un pas en arrière pour tenter de se soustraire de cette discussion qui le passionnait pourtant. Il allait partir quand Sineminy intervint une nouvelle fois.

— On doit respecter les roussettes parce qu'on en a besoin pour nos coutumes. On ne doit pas les massacrer. Juste ce qu'il faut. On n'a pas à les abandonner sur le bord de la route si elles sont touchées au vol.

Alors, Göihage se mit à raconter l'histoire de la roussette albinos de sa jeunesse. Sa grand-mère avait dit que les roussettes étaient comme les hommes, de toutes les couleurs. Ainsi, tous les gens ne sont pas tous noirs de peau. Et s'ils allaient en Calédonie, ils pouvaient rencontrer des albinos qui avaient cette couleur de peau. Ils étaient aussi de leurs familles. Et par conséquent, elle ne voyait pas la raison pour laquelle on les rejetait.

Koelë lui dit qu'il allait lui laisser prendre la roussette albinos et Göihage accepta. Au moment où Göihage repartait, son cousin lui précisa cependant que, s'il prenait la roussette, c'était pour la maison, pas pour contribuer au bougna commun du lendemain. Göihage se contenta de lui répondre par un grognement et un hochement de tête. Le groupe d'hommes se mit à rire et s'effrita pour rentrer à la maison.

Après avoir récupéré la roussette albinos, Göihage et Nuelasin revinrent vers la voiture et repartirent vers l'endroit ou Göihage avait tiré les quatre premières bêtes.

En descendant de la voiture, Göihage fut tout de suite attiré par des petits cris lancinants, comme des pleurs de rat pris au piège, qui provenaient de la forêt, à quelques mètres à peine du bord de la route.

— Qu'est-ce que c'est ? demanda Marie-Ange.

— Un bébé roussette, répondit Nuelasin avec nonchalance.

Marie-Ange ignorait que les roussettes tirées au vol avaient parfois des petits accrochés sous les ailes. À présent, un bébé, toujours vivant, geignait sous les ailes percées de sa maman. Il lançait des appels à la roussette morte depuis longtemps. Göihage détacha le petit de sa mère sans la moindre hésitation. Il déploya adroitement les grandes ailes noires du cadavre et les secoua énergiquement, comme on secoue un drap pour le débarrasser de la poussière ou des parasites. Le petit, relié au sexe du cadavre, criait de toutes ses forces pendant que Göihage agitait la bête morte à bout de bras.

Les gestes de Göihage faisaient claquer les ailes comme des fouets. Le petit, toujours uni à sa mère, se balançait au bout de son cordon. Exactement comme le fœtus dans le ventre de Marie-Ange. Göihage secouait. Il secoua si fort que le cordon finit par se briser. Le bébé de la roussette fut projeté dans la broussaille où il allait se perdre et mourir.

Göihage replia soigneusement les ailes de la roussette et revint vers la voiture pour la ranger dans le coffre. Dans le même temps, le ventre de Marie-Ange devint brusquement insensible tandis que la vie commençait à s'en échapper. Bientôt, le siège arrière de la petite voiture fut entièrement mouillé. Les roussettes dégageaient une puanteur pénétrante qui faisait suffoquer la jeune femme. Elle prit alors une boîte de boisson fraîche et l'appliqua fortement sur son bas-ventre pour tenter de calmer la douleur qui la paralysait. Elle ferma les yeux pour effacer l'image du sinistre spectacle dont son mari venait d'être le héros. Elle souffrait pour le bébé de la roussette, et souffrait plus encore pour le sien dont la vie tiède coulait sur la banquette. L'image du fœtus reculant devant la suceuse, lors de son avortement à l'hôpital des Sablons de Grenoble, lui revint à l'esprit et annihila le peu de courage qui lui restait. Marie-Ange appuyait de toutes ses forces sur son bas-ventre de ses deux mains, comme pour étouffer les pleurs qui lui montaient. Sur le siège avant, Nuelasin regardait fixement devant lui et se tenait étrangement immobile, lui qui était toujours si agité. Avait-il remarqué le calvaire de la femme blanche ?

Göihage fit démarrer la voiture. Il se moquait de l'autre roussette qui était tombée un peu plus loin. Une autre maman et son petit, assurément.

Marie-Ange eut envie de mourir. Elle se dit qu'elle pouvait mourir là, sur son siège, sans que personne ne remarque rien et sans que rien ne manque à son mari. « Göihage, oh, mon amour, tu n'es qu'un monstre ! » se lamentait-elle pendant que les deux hommes faisaient le compte de leurs volatiles pour la fête du lendemain.

— Quinze. Le compte est bon ! claironna Nuelasin en tirant sur sa cigarette.

Là-bas, dans les fourrés, le bébé de l'autre maman roussette multipliait ses appels. Ils pourriraient tous deux sous les feuillages et serviraient de pitances aux chiens errants et aux autres prédateurs nocturnes de la forêt.

Ils partirent.

À la maison commune, lorsqu'il fallut descendre les roussettes pour les préparatifs du lendemain, Marie-Ange appela timidement son mari et lui murmura qu'elle ne se sentait pas bien et qu'il fallait la ramener à la maison.

— Attends… Wadrenges, tu ramènes Tantine à la maison et tu dis à maman de s'occuper d'elle, répondit Göihage à haute voix devant les quelques hommes qui s'amassaient déjà sous les deux grands badamiers pour le travail du lendemain.

Pendant qu'il allait ouvrir le coffre pour récupérer les roussettes, les autres le regardaient avec admiration. « Ça oui ! C'est un homme », dit une voix de dessous les arbres. Le cœur de Göihage vibra de plaisir. Et au moment où la voiture allait démarrer, il cria encore à son épouse de ne pas oublier de remettre les autres roussettes du congélateur sous la véranda. L'entendait-elle ? Elle tremblait de douleur sur son siège.

Lorsqu'ils furent enfin arrivés, Marie-Ange descendit de la voiture sans dire un mot et disparut dans la chambre. La villa était vide. Wadrenges sortit les roussettes du congélateur et revint à la maison commune avec la musique qui faisait vibrer les enceintes du véhicule. Marie-Ange resta seule toute la nuit, parfois assommée de fièvre et parfois avec une douleur si terrible qu'elle devait se lever et tenter de faire quelques pas pour la supporter. Son mari, entre les histoires d'hommes et les boîtes de bière, ne revint pas à la maison cette nuit-là. Mais ça, Marie-Ange y était habituée. Elle assumait seule sa marche vers la culture de l'autre, entre souffrances et solitude.

Le lendemain, quand Göihage apprit que sa grande sœur le recherchait et qu'elle était très fâchée qu'il ait laissé son épouse toute seule dans son état, il abandonna tout sur place, couteaux, boîtes de bière, morceaux de viande… et courut à toute allure vers la maison pour conduire Marie-Ange aux urgences de l'hôpital de Wé. Elle était dans un état si grave qu'il était difficile d'espérer qu'elle reviendrait un jour le rejoindre à la tribu de Hunöj.

Nous revenions des champs et je suivais Waeleco, mon panier d'ignames accroché aux épaules. Arrivé au croisement du caillou plat, mon mari me fit passer devant lui et je crus un instant qu'il voulait me soulager de mon panier.

— La maison va nous attendre un peu, me dit-il. J'ai une envie folle de toi.

Je savais qu'en pareille situation, je n'avais pas d'alternative. Je lui reprochais d'être toujours la cause de nos retards.

— Mais que va dire ta sœur? À chaque fois qu'on va au champ, on arrive à la tombée de la nuit. Et les enfants… il faut les baigner. Et puis, qui va donner ses cachets à Mémé? En plus, je suis sale…

Waeleco n'entendait rien.

Je me tus et m'allongeais comme un automate sur le lit de branchages que mon mari avait préparé en dehors du sentier principal, afin d'éviter que d'autres personnes, qui rentreraient tard des champs, comme nous, nous surprennent. Je soulevais ma popinée[44] et ma jupe. Il n'y avait rien en dessous de la robe que je pris soin de ramener sous mes fesses. Je m'offris.

Mon homme vint sur moi, oubliant les brindilles qui le piquaient de partout et les lianes qui lui retenaient les pieds. Telle une bête prise au piège, Waeleco remuait tout son corps pour se soulager de ce désir qui l'oppressait. Moi, je ne bougeais plus. J'attendais que le supplice prenne fin. Ma tête rentrait tantôt dans l'herbe sèche, tantôt dans les fougères. Je grimaçais sous la douleur. Par moment, je suppliais mon mari d'en finir, car j'avais mal au dos. Des racines traversaient les branchages et me piquaient le corps. L'idée de tirer du plaisir de tout ce qui se passait était très loin de moi.

Quand l'acte fut consommé, Waeleco se retira vivement.

— C'est vrai, allez ! Il faut vite rentrer à la maison.

Il s'appuya sur moi pour se relever, enfonçant une dernière fois mon corps dans les racines, puis il remonta son pantalon qu'il avait gardé enroulé autour de lui de ses chevilles. Sans me jeter un regard, sans

---

44   *Popinée* : type de robe, généralement fleurie et colorée, qu'on appelle également « robe mission », en raison des efforts accomplis par les missions catholiques pour l'imposer aux femmes kanak lors de la colonisation du pays. Des efforts couronnés de succès, puisque ce vêtement est désormais considéré comme l'habit traditionnel des femmes kanak. Par extension, « popinée » est également utilisé par les Blancs pour désigner les femmes kanak.

m'adresser la moindre marque de tendresse, il inclina son visage vers le ciel et huma l'air du soir qui tombait.

Je m'essuyai avec ma jupe tout en me remettant debout. La femme ne doit jamais rien vouloir. L'amour, une nouvelle fois, m'avait fait mal. Il me fallait tout supporter de l'exercice sans en tirer le moindre plaisir. La tendre complicité qui avait bercé les débuts de notre rencontre s'était envolée, dispersée, exactement comme cette jouissance qui giclait hors de mon homme. Éphémère. Waeleco ne m'avait même pas regardée. Il n'avait fait aucun cas de mes sensations. À quoi bon? Je lui devais tout cela. Le clan m'avait payée. Il prenait son dû.

Mon homme fila jusqu'au carrefour des sentiers, puis il s'assit sur une souche et m'attendit. De son pantalon, il extirpa un paquet de cigarettes si froissé qu'il en était méconnaissable. Il tira quelques bouffées tout en m'invectivant. Je le rejoignis.

Il faisait presque noir. La lune montait, les étoiles attendaient, la terre fumait. Le brouillard recouvrit peu à peu le paysage. La fraîcheur exaltait le parfum des fleurs. La nature était aussi belle qu'au premier jour de l'humanité.

Les roussettes se posaient lourdement, une à une, sur la cime des arbres. On pouvait entendre leurs ailes épaisses fouettant l'air pendant qu'elles jetaient leur «cokilak» et se disputaient les fruits des banians. Leur odeur écœurante parvenait jusqu'à nous. Surtout celle des mâles, un parfum musqué et poisseux. Les femelles ne devaient pas faire beaucoup d'efforts pour les dénicher à des lieues à la ronde. La femelle et son mâle qui se cherchent, se trouvent et copulent sur la même branche, sans avoir à se retenir ni à reporter le désir. Sans avoir à décliner leur rang social ni leur lignée parentale, sans avoir à chercher un endroit isolé pour s'accoupler. Des bêtes…, de drôles de chiens qui vivent la tête en bas.

Moi, j'étais de Poindimié, au nord de la Grande-Terre. « Il faut aimer Poawé, même si elle est de la Grande-Terre, même si elle est d'une autre culture. » C'était la parole donnée lors de notre cérémonie de demande en mariage. Aimer… Mais qui peut aimer autrui sans le connaître ? L'équilibre de la société exige beaucoup de sacrifices…

À la maison, nous n'avions pas d'endroit pour nous, sinon la case. Mais la ruche n'abrite pas que la reine à féconder. Notre maisonnée couvait aussi les autres membres du clan. Cela avait été dit pendant le mariage : « Poawé aura beaucoup à faire, elle a été payée pour donner naissance dans le clan, mais aussi pour servir tous ses membres, jusqu'aux plus éloignés. » Un cousin par alliance dont le lien remonterait à plusieurs générations pouvait parfaitement exiger mes services, sauf le lit. Je devais lui faire à manger en pleine nuit, s'il le demandait. Quelle que soit l'heure.

Il faut toujours plaire à sa belle-famille, et surtout aux sœurs, aux tantes et à leurs enfants, qui viennent se servir à la maison. Je devais parfois sortir ma robe neuve, amoureusement gardée dans le fond de ma valise. Ma valise, le seul objet que j'avais le sentiment de posséder. Par-dessus tout, il fallait montrer qu'on n'avait pas peur de donner. Donner, c'est le mot qui résume la coutume.

Vers vingt et une heures, je sursautai sur ma chaise. J'étais assise devant la télé de la cantine de l'école, et Baly, le petit frère de mon mari, me frappait sur l'épaule pour me sortir de ma léthargie.

— Qu'est-ce qui se passe ?

— Poawé, lis ce qui est écrit au bas de l'écran. Jean-Marie est mort !

Je cherchais la télécommande en fronçant les sourcils. Je ne comprenais rien à ce que Baly venait de me dire. Il avait déjà filé dans la case pour y réveiller Waeleco qui arriva sans tarder. Au même moment, l'émission en cours fut interrompue. Le journaliste apparut et commenta la nouvelle du jour.

Mon cœur cessa de battre. Le monde trembla. La nuit s'abattit tout autour de moi. De drôles d'étoiles firent leur apparition, des grosses et des petites, de toutes les couleurs. Des comètes traversaient même l'obscurité. Ma tête tournait toujours, tandis que la cantine de l'école était devenue une caisse de résonance pour ma voix qui ameutait tout le voisinage. Mais tous ceux qui avaient la télé avaient appris la nouvelle en même temps que nous. Personne n'accourait. Ils savaient que je pleurais Jean-Marie, tué à Ouvéa[45].

J'étais la seule femme de la Grande-Terre vivant à la tribu. Et même si je n'étais pas de la même région que Jean-Marie, nous, les gens de la Grande-Terre,

___

45   Cette précision permet de comprendre que c'est la mort de Jean-Marie Tjibaou qui est évoquée ici. Leader indépendantiste kanak charismatique et très respecté, Jean-Marie Tjibaou fut assassiné le 4 mai 1989 par Djubelly Wéa, originaire de l'île d'Ouvéa.

nous sommes « famille », comme le sont les Drehu avec ceux de Momawé.

Une haine inexprimable envers les gens des Îles monta du fond de moi et me prit à la gorge. Je me mis à lancer des paroles injurieuses à mon mari et à Baly. Je les traitais de tous les noms. Je cherchais des mots virulents capables de leur couper la respiration et de venger ce qu'ils avaient fait à mon frère[46], sans parvenir à vider ma colère et ma tristesse. À travers la vapeur qui me voilait les yeux et collait mes paupières, j'étais comme dans un rêve. Waeleco me secouait. Il ne savait plus quoi faire. Tantôt il me repoussait, tantôt il me retenait. On m'expliquera plus tard que j'avais frappé mon mari qui s'était contenté de se protéger et de me prendre dans ses bras. Je lui en voulais terriblement, à lui, à son frère, et à son clan tout entier. Je pleurais, je vociférais, je hurlais de toutes mes forces.

Le matin suivant, je me réveillais toute seule dans la case. La maisonnée était calme et déserte. Même Waej, ma petite fille, n'était pas à mes côtés. Quelqu'un était venu la chercher. La belle-famille voulait me laisser seule. Je le comprenais. Quand je sortis de la case pour me laver le visage au robinet du réservoir d'eau, j'aperçus Waej dans les bras de sa tante, sous la tonnelle que recouvraient des fruits de la passion.

———————————

46   Lorsqu'un Kanak se considère comme étant « famille avec » (de la même famille que) quelqu'un, ce quelqu'un peut être qualifié de « cousin » ou de « frère », selon le degré d'affection ressenti.

— Bébé est avec moi, me lança-t-elle. Je suis venue la chercher quand j'ai entendu la nouvelle. Waeleco est à la maison commune, avec toute la tribu. Va, repose-toi.

Je m'essuyai les joues et retournai rapidement dans la case. Je repensai à ce qui s'était passé la veille, dans le réfectoire de l'école. Le visage de Jean-Marie me revint en mémoire. Mes larmes coulaient sans cesse. Je me vidais. Avant que je m'endorme tout à fait, le papa de mes enfants refit son apparition à mon chevet.

— Je suis déjà venu te voir plusieurs fois pour te chercher, les gens de la tribu veulent faire un geste pour toi, pour ce qui s'est passé à Iaai. Le pasteur de Gamaï est là, lui aussi, avec sa petite famille.

J'étais indécise et silencieuse. J'avais honte de ce que j'avais fait la veille. Une honte teintée de peur, car j'allais devoir affronter Baly que j'avais défié. Puis, je réalisai que la « bataille » serait sans doute brève. Baly avait certainement compris ce qui se passait en moi. Mon beau-frère n'était pas bête. Je sortis. J'emboîtais le pas de Waeleco.

— Quoi ? Quatre heures ? m'étonnai-je en regardant l'horloge au fronton du clocher de l'église.

— Oui, tu as bien dormi. Les Gomen[47] sont arrivés tôt ce matin de Xodre. Ils sont venus à la maison. Mme Pasteur[48] a pris Waej. La tante des enfants l'a récupérée ensuite.

Sur la route, alors que nous passions devant le portail de la maison commune, les pleureuses nous rejoi-

---

47 *Les Gomen* : les gens originaires de la région de Gomen.

48 *Mme Pasteur* : l'épouse du pasteur.

gnirent. Parmi elles, Utë, la femme du pasteur. Elle tomba dans mes bras et nous pleurâmes notre frère Jean-Marie ensemble, cris contre cris, larmes contre larmes. Les femmes des Drehu nous entouraient, elles pleuraient avec nous et nous soutenaient.

La marche funèbre fit son entrée dans la maison commune où tous les notables attendaient. Alors que les femmes de la procession s'installaient sur les nattes prévues à cet usage, la fille cadette du pasteur nous fit nous relever pour aller nous asseoir au côté de nos maris. Waeleco et Pasteur[49] étaient sur un même banc dans un coin de la villa ouverte.

Les Îles firent le geste de pardon[50] à la Grande-Terre. Le porte-parole de la grande chefferie de Mou, qui avait fait expressément le déplacement, ouvrit la cérémonie coutumière. « Honte à nous les Îles. Nous rampons pour implorer votre pardon. Et… »

J'étais occupée à pleurer, mais son discours était si décousu et si haché que j'avais du mal à le comprendre. Il pleurait, lui aussi. La situation était terrible pour tout le monde.

Ces paroles étaient nécessaires. Pourtant, ce jour-là, nous n'aspirions qu'au silence. Nous nous tassions sur nous-mêmes, dévastés, anéantis.

Après le discours de la grande chefferie vint le temps du contre-don. Le pasteur de la tribu de Gamaï,

---

49 *Pasteur* : il est courant que le nom de la fonction soit utilisé comme le nom propre de la personne.

50 *Geste de pardon* : offrandes symboliques accompagnées de discours.

celui qui professait à Xodre en ce temps-là, se leva et commença à parler. Des paroles très attendues par ceux de notre tribu. Un silence absolu régnait sur l'assistance. Le temps était comme suspendu et tous les regards fixaient les lèvres de l'orateur.

Ses paroles tombaient une à une dans mon cœur, comme un remède sur une plaie. Pasteur savait parler au cœur et à l'âme de chacun de nous. Ce jour-là, on aurait pu croire que Dieu était descendu sur Terre. Il était venu jusqu'à moi, là où il devait être. Je ressentis un réconfort profond qui semblait venir du dedans.

Ma rancœur s'évanouit. Je m'en voulus d'avoir agressé mon mari. Je m'en voulus aussi d'avoir haï les gens des Îles. Je ne pleurais plus seulement pour mon frère assassiné. Je pleurais désormais pour ceux que j'avais considérés comme mes ennemis… À vrai dire, je ne savais plus. J'étais confuse. Les visages de Jean-Marie et de Waeleco s'entremêlèrent dans mon esprit. J'aimais ces deux hommes, pour des raisons si différentes !

Il fut résolu que Pasteur et quelques paroissiens de Hunöj se rendraient à Nouméa pour les obsèques de Jean-Marie. Aux dernières nouvelles, il n'y avait plus de place sur les vols réguliers de la compagnie aérienne. Le dernier fils de la chefferie du Lösi proposa à ceux qui le souhaitaient de les amener sur la Grande-Terre avec son bateau. Waej était trop petite pour que je parte avec elle. Je décidais donc de rester.

Pasteur et sa famille repartirent pour Xodre. Je ne retournais pas immédiatement à la maison commune pour revoir les gens de la tribu. Je restais allongée à côté du feu, avec ma fille. J'attendais Waeleco. Soudainement, je me sentais très unie à lui. Je ressassais tous les faits et gestes de notre passé, même les détails les mieux enfouis. Je regrettais les petites souffrances que je lui avais fait endurer en lui refusant des services. Je réprimais mes larmes qui remontaient. Ça n'en était que plus douloureux.

Au milieu de la nuit, je sentis les doigts de Waeleco se glisser dans mes cheveux. Mon vieux ne parlait pas. Il me regardait en silence. Je savais qu'il pleurait au fond de lui. Il se levait de temps à autre pour faire repartir le feu en poussant les bûches dans le foyer. Ses yeux brillants fixaient les flammes qui dansaient dans la cendre. Le crépitement de la braise se confondait parfois avec mes sanglots. Nous nous unîmes pour nous demander pardon l'un à l'autre. Et le froid disparut.

La coutume laissée par les gens de Hunöj, lourde liasse de billets enroulés et ficelés à l'aide d'une fibre végétale, était restée au pied du poteau central, à côté de la lampe à pétrole éteinte et des rouleaux de tissu.

Nous nous endormîmes.

**Découvrez les autres ouvrages
de notre catalogue !**

http://www.editions-humanis.com

Luc Deborde
Editions Humanis
BP 32059 – 98 897 Nouméa
Nouvelle-Calédonie

Mail : luc@editions-humanis.com